JN200521

情報社会の伝統詩

鵜飼康東

関西大学出版部

Yasuharu UKAI
Traditional Poetry in Information Society
Kansai University Press
2018

【本書は関西大学研究成果出版補助金規程による刊行】

目次　Contents

まえがき　Preface……vi

第一部　現状分析　Part 1　Present Data Analyses……1

第一章　仮想現実のリアリティ……3

第二章　平成問答「君は人工知能に勝てるのか」……12

第三章　『サラダ記念日』革命……20

第四章　ソシオネットワーク戦略……25

第五章　口語・文語・英語……30

第六章　アメリカ詩との遭遇……41

第七章　佐藤佐太郎覚書……48

一　無冠の帝王……48

二　添削……51

三　独創……55

四　純粋短歌……58

五　虚　句……62
六　暗　喩……65
七　若き佐太郎の悩み……68

第二部　基礎理論　Part 2 General Theory……75

第八章　文語定型詩の破壊力……77
第九章　岡井隆の衝撃……82
第一〇章　詩と思想……87
第一一章　新写実主義の基本戦略――篠弘氏提言についての覚書――……95
第一二章　象徴主義短歌の敗北――篠弘氏に――……114
一　はじめに……114
二　四つの問題点と篠氏の回答……116
三　芸術的強者の論理と芸術的弱者の論理……119
四　塚本氏と岡井氏への批判……124
五　プロト塚本による篠氏批判……127
六　リアリズムとは何か……131

七　前衛短歌とは何か……135
八　象徴主義短歌の敗北……141

第三部　説得論集　Part 3 Essays in Persuasion……147

第一三章　土屋文明の孤独……149
第一四章　塚本邦雄の痼疾……158
第一五章　立松和平を悼む――早稲田の風景――……165
第一六章　青春の歌……168
第一七章　良い写実・悪い写実……174
第一八章　詩は何の役に立つか……180
第一九章　コンピュータをどのように詠うか――尾崎美砂氏に――……183
第二〇章　英訳佐太郎短歌の口語訳……186
第二一章　佐藤佐太郎歌集『天眼』評……196
第二二章　長澤一作の写実……200
第二三章　清水房雄論――父の文学――……208
第二四章　北原白秋歌集『桐の花』寸感――風俗としてのヨーロッパ――……217

第二五章　文学的怪物——講談社『昭和万葉集』を評す——　220
第二六章　歩道短歌会の創業と分裂　223
第二七章　高野公彦の技術　232
第二八章　小林昇全歌集『歴世』を評す　236
第二九章　今西幹一『佐藤佐太郎短歌の研究』を評す　240
第三〇章　書評・柏崎驍二『宮柊二の歌三六五首』　242
第三一章　歌壇時評・一九八三年—一九八四年　246
一　寺山修司の死　246
二　みんな同じに見えます　249
三　人格の独立　252
四　板宮清治の冒険　254
五　戯作と文学　257
六　勝部祐子の歌　260
七　阿木津英と松平盟子　263
鵜飼康東　履歴と文業　267

人名索引(1)(あいうえお順)……(1)
人名索引(2)(ABC順)……(5)

まえがき　Preface

二〇〇一年（平成一三年）九月二六日（水）夕刻、東京都千代田区一ツ橋の如水会館において「インターネットは短歌を変えるか」と題する座談会が開催された。主催は角川書店（現KADOKAWA）発行雑誌『短歌』の編集部、参加者は坂井修一（当時東京大学大学院情報理工学系研究科教授）、穂村弘（歌人）、司会者は鵜飼康東（当時関西大学総合情報学部教授）であった。座談会記録は加筆と修正を経て、雑誌『短歌』（角川書店）二〇〇二年（平成一四年）二月号に掲載された。(1)

上記の座談会で議論された問題は多岐に渡る。もっとも重要な第一の問題は、「情報通信技術の変化が伝統的定型詩である短歌の文体に何か影響を与えるのではないか」という点であった。

第二に、「インターネットの普及が歌人の階層をピラミッド型の権威構造ではなく台形の並列構造に変えてしまうのではないか」という指摘がなされた。

第三の問題は、「情報通信技術の発達は純粋読者、すなわち自分はまったく短歌を作らないが短歌を娯楽として消費する人を生み出すことに貢献可能か」ということであった。

本研究は以上の諸問題に私なりに解答するために執筆された。私の大学教授としての専門は計量経済学であった。そこではまず社会、組織、もしくは個人の運動に関する数学的理論が提示され、現実のデータといくつかの仮想データに依拠して、統計的整合性が検討される。しかし、本書で採用される分析手法は文芸学である。文芸学である以上、短歌を日本文学のみならず欧米現代文学との比較のうえで検討する必要がある。

私の文芸学の方法は故今西幹一氏の博士学位論文の基礎となった『佐藤佐太郎の短歌の世界』[2]から裨益を受けている。しかし今西博士と異なり私は文芸学の基礎教育を受けていない。本来ならばしかるべき査読誌に論文を投稿し、査読を受けて修正した論文を掲載して戴き、それを一巻の研究書にまとめるべきである。だが、齢すでに七十歳を越えた私にその時間はない。過去の日本語論文に修正と加筆を加えて、文学研究者と尊敬する短歌作者の批判を受けることにしたい。したがって、本書の文芸学への貢献は高度情報通信技術と日本の最も古い定型詩である短歌の関係をはじめて分析した点である。私は世界に散らばる日本文学研究者が本書を出発点として高度情報通信技術が日本の短歌、俳句、小説、評論、戯曲に与えた影響を母国の文学と比較・検討されることを期待している。

本書の構成は三部に分かれる。第一部・現状分析で高度情報通信技術が短歌に与えた影響を分析する。キーワードは仮想現実のリアリティ、口語短歌、叙事詩的短歌、伝統的言語律動の破壊および現代米国詩である。第二部・基礎理論で現状分析の基礎となっている新写実主義短歌の理論について概括する。キーワードはポエジー水準の高度化、歴史的仮名遣いの再評価、言語律動の革新的復興である。第三部・説得論集では過去の私の主要な文芸評論を収録した。Essays in Persuasion と添え書きしたのは、経済学者・ジョン・メイナード・ケインズ男爵の膨大な全集の一巻の題名を拝借したためである。遠東の島国の詩人経済学者の遊びとして、尊敬する男爵の霊にお許しいただきたい。

本書に収められた論考の大半は書肆の注文原稿に加筆と修正をほどこしたものである。角川書店(角川学芸出版・角川文化振興財団)の秋山實、鈴木豊一、山口十八良、杉岡中、石川一郎、短歌研究社の押田晶子、現代短歌社の今泉洋子、増本悠規、松田真実、真野少、短歌新聞社の石黒清介、及川隆彦、各氏のご好意に感謝する。これらの諸氏の中には既に帰天された方々がおられる。私審判の幸運をお祈りする。

この世に詩というものがあることを初めてお教え頂いた方は、京都市立葵小学校教諭・杉村一良先生である。私の詩は杉村先生が恵投下さった児童誌『きりん』（尾崎書房）の詩を朗読した日の感激から始まった。また日本古典文学の言葉の美しさをお教え頂いた方は京都市立修学院小学校教諭・福永（旧姓・青木）侶子先生である。先生が伸びやかなお声で源氏物語を朗読される時、単語の意味がほとんど分らないのに律動と和音が幼い頭脳に染み渡った。福永先生は七十歳を越えても京都市の小学校国語教育指導者として活躍された。私は先生が旧京都学芸大学をご卒業直後に担任された最初の生徒の一人である。

さらに、現代短歌についてヴィアトール学園洛星中高等学校国語科教諭・苦名康先生（歌誌ハハキギ編集長）、漢詩文について同学園国語科教諭・藤井茂利先生（後に福岡大学教授）、英米詩について同学園英語科教諭・ジャック・プリューダム神父、グレゴリオ聖歌について同学園校長・ヨゼフ・ナドウ神父の教導を記しておきたい。詩は音楽である。朗読せよ。暗唱せよ。この徹底した訓練が私の詩に与えた影響は計り知れない。

本書の出版は関西大学研究成果出版補助金によるものである。補助金申請にあたっては関西大学大学院東アジア研究科文化交渉学専攻の陶徳民教授、関西大学大学院外国語教育学研究科の宇佐見太市教授の推薦を受けた。

陶教授は日本漢学と東西文化交渉史の研究で卓越した業績をあげられておられる。宇佐見教授は関西大学総合情報学部創設に際して苦楽をともにした同志であった。英国近代小説の研究で優れた業績をあげておられる。両教授の多年に渡るご助言にお礼を申し上げる。

また出版を担当された関西大学出版部の朝井正貴氏、岡村千代美氏の尽力に深謝する。

最後に、妻・温の三十数年の忍耐に感謝したい。経済学者と結婚したと思い込んでいた妻にとって夫が経済学の論文を書き終えるや否や、孜孜として文芸評論を書き始める生活は受容しがたいものであった。ましてや文体上の助言を求められるにおいてをや。私は専門の経済学の原稿はいっさい妻に見せなかった。しかし、文学の原稿はしばしば妻の前で朗読して、助言を仰いだ。

本書の日本語が、私の英語論文に比べて、いささかでも平易であるとするならば、それはひとえに妻の支援によるものである。

本書出版にあたっての私の心境を旧作の短歌一首をもって示す。

さもあらばあれ一介の学徒われ神よ勇気を与へたまはな(3)

二〇一七年(平成二九年)一〇月三一日　鵜飼康東

(1) 第四九巻第三号、一二一―一四八頁に掲載。
(2) 一九八五年(昭和六〇年)桜楓社刊。全五一〇頁。
(3) 鵜飼康東歌集、『ソシオネットワーク』二〇〇五年(平成一七年)、角川書店、九頁に掲載。

第一部　現状分析

Part 1 Present Data Analyses

第一章　仮想現実のリアリティ(1)

一九九四年（平成六年）四月私は関西大学総合情報学部教授に就任した。それまで経済学部助教授として紙と鉛筆を用いて論文を書き、黒板と白墨を用いて講義を行っていた私の生活は一変した。

日々の仕事は、朝食を摂った後、自宅書斎の小型コンピュータを起動させて、電話回線を通じて、勤務先の情報処理センターの大型コンピュータに接続させることから始まった。最初に、私あての電子郵便が入ってきているかどうかを確かめる。知らない人物からの手紙は読まないのでコンピュータ内部記憶装置から消滅させる。知人からの手紙は、即座に返事を書いて返信すべきものと、記憶装置に保存すべきものに分ける。

週のうち三日は、そのまま自分の論文を書いていく作業に入る。文書作成ソフト、統計処理ソフト、数式処理ソフトをつぎつぎと起動させて仕事を始める。当時鵜飼研究室が取り組んでいた研究課題は、銀行の情報投資の定式化、郵便貯金を民営化した場合の内外経済への影響の予測、公共投資の関西経済への影響の計測であった。すべて東京と大阪に点在する経済学者との共同作業である。

夕方になると私の分担作業の結果を、共同研究者達のコンピュータと関西大学のコンピュータに発信する。彼等も、研究の途中経過を双方のコンピュータに記憶させていった。夕食後に、閲覧ソフトを起動させて、共同研究者の仕事ぶりを見る。これで英語論文が書けたのである。信じられない思いであった。

本書執筆の二〇一七年（平成二九年）現在学術研究の情報技術は飛躍的に進化した。専用電子掲示板、メーリング・リスト、ソーシャル・ネットワーキング・サービス[2]、電子テレビ会議システムを駆使して、論文を書きあげ、Web編集システム[3]を介して査読誌に投稿し、匿名査読の評価を受けて書き直す。

査読を通過すれば完成原稿をWebシステムにアップ・ロードする。ネイティブ・スピーカーの英文校閲を経て、ネットワーク上に査読通過論文として公開される。正式に査読誌が電子出版される前に査読通過論文が公開される編集方式に当初は戸惑いを感じた。今や慣れきってしまい、何とも思わない。週のうち残りの四日は、講義、大学内外の各種委員会、他の大学での研究会等があるので、ネクタイを締め背広を着て出かけた。学部では経済政策論とデータ分析実習、大学院では金融情報システム論を担当した。

学生は入学直後に基本システムソフトウェアであるUNIXの基礎教育を受けるので電子メールを用い、自分のホーム・ページの作成を市販ソフトウェアの助けなしに行うことが出来た。従って宿題を電子メールで提出することが奨励された。これで最先端教育と呼ばれて新聞やテレビ放送の取材が殺到した。

二三年後の現在から見れば随分遅れた教育であった。現在では、殆どの大学にコンピュータ教育システムが設置されており、電子メールによる宿題提出は禁止されている。即ち通信により大学のWebサイトに入り、暗号認証を受けた後で、各科目の電子掲示板に宿題をアップロードする方式である。学生は集積回路が埋め込まれた学生証で出席と成績が厳格に管理されており、規定出席日数を満たさないと試験も受けられない。ジョージ・オーウェル(4)の小説『一九八四』をしのぐ世界である。恐ろしいもので慣れれば結構楽しい。

教員は学生から講義評価を受けなければならない。情報科学専攻の同僚教授と苦心惨憺して作成した評価項目一覧が紙に印刷されていたのは今では笑い話である。光学読み取り装置に評価結果を読み取らせていたのだ。

現在では学生は携帯端末からWeb上で評価を行う。評価の度数分布や各種統計量の計算及びデータの標準化[5]や対数変換[6]も瞬時にコンピュータ教育システムがやってくれる。これが大学教員の給与に反映されるのも時間の問題である。[7]

高槻丘陵を覆う四五万平米の広大な森林に点在していた総合情報学部の建物は千二百台以上のコンピューターが設置されすべて光通信網[8]で結ばれていた。これに対して、学生と大学院生は二千三百名しかいなかった。

学部構内は東京から車で来た友人が病院と間違えて通過してしまったほど静かだった。猿や狸がよく出没した。かろうじて人間の香りがする食堂にいけば、片耳にピアスをしている男性助教授がコロッケを食っている。学生は三つ揃いの紺のスーツを着ている男、いかにも総合職らしい黒いパンツ・スーツを着ている女、髪を金色に染めて鼻に宝石を埋め込んでいる男、下着のような薄いスカートをはいている女、さながら百鬼夜行であった。

二十歳前後の学生達の行動を二十年以上見て来たのである。即ち情報社会がいきつく先はどうなるかという社会実験を見た。

激変する高度情報社会の荒波を首尾よく潜りぬけた歌人として、この実験結果は興味深い。人工知能、人工生命、遺伝的アルゴリズムといった専門用語がとびかっていた学生達の会話の特徴は、人工やアルゴリズムという無生物をあらわす言葉と知能、生命、遺伝子といった生物をあらわず言葉が無造作に結びつけられていたことである。ついには無生物と生物の区別がつかなくなったと見てよかろう。仮想現実のリアリティが現実のリアリティを抜き去ったのである。

「何が生物の定義であるか」という空疎な議論はしない。科学者という特殊な職業につかないかぎりそんなことはどうでもよいはずだ。われわれは、経験により生物と無生物の違いを理解していた。

天才彫刻家の手により大理石に彫られた女神は生きた人間の女よりもはるかに美しい。しかし、私は生きた人間の女に恋はするが、大理石の女神に恋はしない。大理石の女神に恋をして人間の女を捨てれば、かつては精神の病に犯されていると世間は考えた。しかし現代ではどうか。もはやそれは病ではない。

「小さなコンピュータのなかで成長していくポケット・モンスターと呼ばれる素朴な映像が生きた子猫や子犬よりもかわいいことは病気だ」というのが俗人としての私の判断である。だが詩人として私の心は叫ぶ。「これが新しいリアリティなのだ」。

現実の遺伝子のふるまいよりも遺伝的アルゴリズムによる模擬実験のほうが重視されるこ

とが起こりうる。あるいは現実の女性との恋愛よりも角川ゲームス開発の『艦隊これくしょん』（通称・艦これ）[9]に性欲を昂進させる青年男子が存在する。小説もアニメーションもコンピュータ・ゲームも争ってこの新しいリアリティを追求している。

ここに至って私の歌風は一変した。

「イスラエル首相ラビンは撃たれたり」悲哀は電子空間を飛ぶ

変換器緑の光放つ夜わが機器ロンドンの機器を呼びをり

おとなしき部下の青年打ちてくる電子文戦ひを挑めるごとし

いくばくかナチスに似たる演出か新しき政党のホームページは

日の光あふるる白き乳房にて女子同性愛讃ふる画面

ひとりにてはぐくむ思ひ淋しきか少女は携帯電話にすがる

不快なる電子の音が響きゐてこの端末も汚染を告ぐる

（鵜飼康東歌集『ソシオネットワーク』、二〇〇五年（平成一七年）、角川書店、所収）

そこには、純情素朴な自然詠詩人として出発した若き日の私の面影はもはやない。

はるかなる星にも風の吹けるかとおもへば夜の心なぎゆく
あひ会へばともに黙（もだ）して手をとらんひかりの青きこの夕暮に

（鵜飼康東歌集『断片』、一九八〇年（昭和四五年）、角川書店、所収）

あるいは一国を代表して異国に学んだ壮年の日の気負いもない。

民族の意識の下によどみゐる暗黒は帝の柩にゆらぐ
眼のくらむ黄の菜の花の光る丘イングランドに春は来にけり

（鵜飼康東歌集『美と真実』、二〇一五年（平成二七年）、KADOKAWA、所収）[10]

一九九九年（平成一一年）慶応義塾大学三田キャンパス北新館において開かれたISFJ日本政策学生会議[11]の閉会の辞で、私は二五歳の時に執筆した「齋藤茂吉論」の一節を朗読した。

「だからこそぼくたちは生きているのだ。生きて後代を見るために。ぼくたちの詩の至りつく先を確かめるために」

（歌誌『青』第三号・一九七二年（昭和四七年））[12]

北新館会議場を埋めていた東大や一橋や慶応義塾の青年男女は「経済政策と何の関係があるのか」と怪訝な顔をしていた。

『青』の編集長だった歌人・室積純夫は若くして死んだ。山口大学工学部を卒業して情報通信技術に詳しかった彼の早世が惜しまれる。

（1）本章は以下の論考に大幅な加筆と修正を行ったものである。「情報社会でうたはどんな生命論を発信するか」、『短歌朝日』、朝日新聞社、通巻第一三号、一九九九年（平成一一年）七・八月号、五四―五五頁。

（2）具体的にはFacebook、LINE、LinkedInなど。

（3）World Wide Web. 相互参照可能な文書であるハイパーテキストで構成された公開閲覧システム。

（4）George Orwell. 一九〇三年―一九五〇年。英国の小説家。代表作はAnimal Farm, 1945, Nineteen Eighty-Four, 1949の風刺小説。

（5）成績評価を素点ではなく偏差値で表すための事前処理に素点の標準化が必要である。

（6）データを自然対数に変換しておけば教育法変化の効果を即座に計算できる。

（7）米国の大学では研究評価の項目に論文引用件数とその加重平均のh-indexやi-indexが用いられてい

る。学生データの加重平均を教育評価に持ち込むことは日本でも可能である。

（8）ガラスもしくは合成樹脂による通信網。金属通信網より大量の情報を高速で伝達可能。

（9）以下を参照。http://game.watch.impress.co.jp/docs/news/664860.html

（10）歌集『美と真実』の刊行は二〇一五年であるが、作品は一九八〇年から一九九四年の間に製作された。よって目次には年代のみを付した。

（11）竹中平蔵、伊藤元重らの門人が中核となった政策研究会。卒業生から大学教授と高級官僚が輩出した。詳細は以下参照。http://www.isfj.net/

（12）歌誌『青』（あお）は秋葉四郎、鵜飼康東、室積純夫ら結社「歩道」の二〇歳代、三〇歳代の歌人が一九七一年一〇月に創刊した謄写版印刷の文芸同人誌。第一〇号まで刊行して一九七五年一一月に廃刊。

第二章　平成問答「君は人工知能に勝てるのか」[1]

計量経済学者と歌人が酒を酌み交わしながら問答を交わす一幕の劇を考えた。

「おい経済学者。平成元年（一九八九年）から平成二九年（二〇一七年）現在までの期間、君にとって最も印象深い現象は何だ」。

「世界経済から見れば社会主義体制の自然崩壊だ。日本に限れば国民総生産で中国に抜かれ、一人当たり国民所得でシンガポールに抜かれた事実だ。ソビエト社会主義共和国連邦という非地域的国家名から分かる通り社会主義者はすべての国が社会主義経済を採用する事は科学的真理だと考えていた。ところが今では中国共産党まで市場経済の発展に狂奔している。さて、君の専門である短歌はどうだい」。

「漫画、動画、コンピュータ・ゲームが短歌に強い影響を与えた現象かな。俵万智や穂村弘の短歌は情報通信技術革命にうまく適合している。読者度数分布曲線のロング・テール[2]を拾う。現代短歌は五・七・五・七・七の三十一音節の韻律に強く拘るが抒情には全く拘らない。作者の人格的進化はあるが作品の技術的進化がない。そこが逆に魅力だ」。

チューリップの花咲くような明るさであなた私を拉致せよ二月

（俵万智『かぜのてのひら』一九九一年（平成三年））

菜のはなのお花畑にうつ伏せに「わたし、あくま」と悪魔は云った

（穂村弘『手紙魔まみ、夏の引越し（ウサギ連れ）』、二〇〇一年（平成一三年））

「経済学者の観点ではコンピュータ・ネットワークは製造業が中核となる経済からサービス業が中核となる経済への激変を生ぜしめ、既存の単純労働者、熟練労働者、経営者の労働階層を破壊した。短歌ではいかなる階層構造が破壊されたのか」。

「與謝野鉄幹と正岡子規が作り上げた大短歌結社、専門歌人、万人が認める大作家という評価構造の破壊だ。佐藤佐太郎[3]と宮柊二[4]は良い時に死んだ。逆に言えば近藤芳美[5]と塚本邦雄[6]は長生きし過ぎた。現歌壇に隆盛をきわめる口語短歌の読者たちはいっさいの文学的権威を認めない。崇拝されるのは芸能人となった俵万智以後の口語歌人[7]たちだ」。

いい女、されどメアドのakachan-minagoroshi@に警戒してる西麻布の夜

（笹公人『念力ろまん』、二〇一五年（平成二七年））

「経済学的に見れば全世界に市場を開拓可能な小説のごとく短歌抒情詩も世界進出を図って生き残ることは出来ただろう」。

「その場合、外国語への翻訳をはじめから意識して作歌しなければならない。短歌には二つの評価基準がある。音楽的基準とポエジーと通称される詩的基準だ。上海留学中に漢詩の普通話朗読を聞いたことがある。幼時から親しんだ日本語で読む漢詩の音感と全く違うので愕然とした。英独仏の詩の朗読でも同様の体験をした。日本語の強さと美しさを維持しなが

ら詩的内容に汎用性がある短歌は理想だ。この意味で竹山広（一九二〇―二〇一〇）の作品は再評価されるべきだ。私は彼の政治思想には反対だが詩的内容の汎用性は高く評価する」。

一瞬にして一都市は滅びんと知りておこなひきしやうがないことか

（竹山広『眠ってよいか』二〇〇八年（平成二〇年））

「娯楽産業におけるAKB48の東亜制覇を見ても分かるように、東亜都市住民は同じような家に住み、同じような飯を食い、同じような服を纏っている。衣食住がかくも同一化して喜怒哀楽が同一にならぬはずはない。短歌が芸能と化し、歌人が芸能人と化したのならばそれでも良いではないか。狭い日本を飛び出して自動車製造業のように世界制覇を試みては如何。漫画も動画もコンピュータ・ゲームもみな世界制覇を目指しているぞ」。

「三島由紀夫（一九二五―一九七〇）安部公房（一九二三―一九九三）大江健三郎（一九三五―）のような汎用性のある内的衝動を抱く青年が短歌に興味を抱けば可能だ」。

「冒険家が現れない理由は日本経済が平成年間に長い閉塞状況に置かれた事が大きいだろうな。統計数理研究所の調査によれば、心理的に楽観的な世代は死ぬまで楽観的、悲観的な世代は死ぬまで悲観的だそうだ。平成歌人が臆病な理由は就職氷河期世代が社会の中核になったからではないのか」。

「そもそも短歌が抒情詩であるか叙事詩であるかの決着はまだついていない。感動があって短歌を作るのではない。新鮮な言葉がまず頭脳に浮かんでそれを集めて一首を構成すれば平成時代の主流派歌人の歌が出来上る。抒情性はむしろ邪道だ。言葉が面白ければそれで良い。平賀源内[8]も太田南畝[9]もそう考えていた。いはんやフランス詩人アンドレ・ブルトンにおいてをや」。[10]

「しかしそれでは歌人は人工知能に勝てない。深層学習機能[11]と対話機能を備えた統合型人工知能をコンピュータ・ネットワークの電子掲示板と相互連携させれば十年で大歌人に進化する。面白い言葉の組み合わせが現代短歌の評価基準ならば歌人は二十一世紀に技術的特異点を越えると言われている次世代人工知能に勝てるのか」。

「勝つ必要はない。有名になればよい。後は、随筆・風俗小説・テレビ漫談で生きていけばよい。芸能とはそういう職業だ」。

「では試しにTwitterのつぶやきテキストデータを無料公開ツールTwitter API[12]で収集する。検索文字列は、猫ブームにあやかり「ドラえもん」と「小鉄」[13]とする。長期間に渡り継続的に収集すれば累積的にデータは増加して、属性複雑なビッグ・データが蓄積されていく。このデータに対してオープンソース形態素解析エンジン[14]を用いれば形態素の集合したデータに変換できる。このデータに共起ネットワーク分析をかけてマッピングすれば、各ノードの経路を辿っていくと面白い短歌を発見できる。発見ツールが進化していくように構築するのは面倒だが」。

「そんなものただのデータマイニングだ。どこに人工知能がある。俺なんか検索文字列を聞いただけでたった今二首作ったぞ」。

ドラえもん狸フィギュアと思ひしが猫ですとタイの学生叫ぶ

床のきしむ路面電車をあふぎ見る『じゃりん子チエ』の猫の小鉄は
（「猫のスキャット」『短歌』（角川文化振興財団）二〇一六年（平成二八年）六月号、一一六頁）

残念ながらこの一幕劇はここで終わる。大脳新皮質シミュレータの開発者レイモンド・カーツワイル(15)ならばこれからどう続けるだろうか。

（1）本章は以下の論考に大幅な加筆と修正を加えたものである。「君は人工知能に勝てるのか」、『短歌』（角川文化振興財団）、第六四巻第五号、二〇一七年（平成二九年）五月号、八二―八五頁。
（2）the long tail. インターネットを用いた経営戦略の通称。顧客数が極端に少ない商品でもインターネットにより固定費用が低下すれば分布曲線末端までの積分値を拾い上げて十分利益を上げられるというモデルに依拠している。
（3）一九〇九年―一九八七年。芸術院会員。歌誌「歩道」創始者。歌集『帰潮』、『星宿』など。
（4）一九一二年―一九八六年。芸術院会員。歌誌「コスモス」創始者。歌集『山西省』、『群鶏』など。
（5）一九一三年―二〇〇六年。文化功労者。歌誌「未来」創始者の中核。歌集『埃吹く街』など。
（6）一九二〇年―二〇〇五年。戦後の超現実主義短歌の第一人者。歌集『日本人霊歌』など。

（7）穂村弘、笹公人など。
（8）一七二八年―一七八〇年。植物学者、地質学者、戯作者。代表作『根南志具佐』、『風流志道軒伝』。
（9）一七四九年―一八二三年。徳川家徒士。後に支配勘定へ昇進。江戸天明期の代表的狂歌師。別号、蜀山人、四方赤良など多数。
（10）André Breton. 一八九六年―一九六六年。『超現実主義宣言』、一九二四年。自動記述の詩的技術で高く評価されている。
（11）deep learning　の翻訳。画像認識や音声認識では研究蓄積が進んでいるが本稿で構想されている言語認識の研究蓄積は乏しい。ビッグデータと言語分解を必要とする。これに加えてインターネット上を飛び交っている口語短歌を収集する短歌ビッグデータ構築システムが必要。
（12）https://dev.twitter.com/overview/api参照。収集時間に上限があるので非連続的収集を繰返す。
（13）はるき悦巳の漫画『じゃりん子チエ』に登場する額に傷がある猫。喧嘩が強い。
（14）京都大学開発のJUMANや奈良先端科学技術大学院大学開発のChaSenなど多数。
（15）Raymond Kurzweil. 一九四八年生。コンピュータ科学者、実業家。主著The Singularity Is Near : When Humans Transcend Biology, 2005, Penguin Group Inc., USA.

第三章　『サラダ記念日』革命(1)

俵万智歌集『サラダ記念日』(2)はいやしくも専門歌人として世に認められた老人には実に厄介な歌集である。褒めれば同世代のライバルから馬鹿にされる。かと言ってけなせば膨大な読者を敵に回す。

ある漫画編集者から「純文学でも著書が毎年二万部売れると文学者として生計が立つ。頑張れ」と励まされたことがある。してみれば、文学で生計を立てている俵氏の固定読者は最低二万人存在するということになる。五十年間に渡り積分すれば百万人である。

それでなくとも、発売以来三十年を閲して、公称販売累積数二百五十万部という数値にたいていの歌人は腰が砕ける。

俵氏の作品は万葉集、古今集、新古今集の文学的伝統からは説明できない。ましてや與謝野鉄幹や正岡子規の短歌革命とは縁もゆかりもない。欧米文学の強い影響から出発した自由詩からも切れている。上田敏、森鷗外、島崎藤村の悪戦苦闘とは無縁である。

強いてあげるならば江戸後期の知識人が熱中した狂歌や川柳の進化形態に属する。だが江戸知識人のように漢籍や古代文学の教養があるわけではない。したがって詩的技術は低く社会観察も浅い。しかし膨大な信奉者を抱えている。俵氏の著作ならばどんなものでも貰う固定読者が存在する。

先行して売れた同類の書籍として記憶しているのは林真理子氏の『ルンルンを買っておうちに帰ろう』(3)である。林氏の初期の文体には斬新なユーモアと社会観察が溢れていた。しかも、林氏は単なる軽随筆家にとどまることなく文学的精進を重ねて社会評論家としても風俗小説家としても堂々たる存在となった。

ところが、俵氏には林氏のような文学技術に関する精進の跡が見えない。漫画家・みつはしちかこ氏(4)のように永遠に成熟しない。すなわちこれは文学的劇薬である。

愛された記憶はどこか透明でいつでも一人いつだって一人

(『サラダ記念日』、一九八七年（昭和六二年）)

「キャバレー」のTシャツを着て君を待つ人生はキャバレーつかのまのキャバレー

（『オレがマリオ』、二〇一三年（平成二五年））

処女歌集刊行以来、二三年を経過して同語反復の詩的技術が変わらない理由は「あえて変えない」としか思えない。

思うに、『サラダ記念日』が文学的劇薬であるのはいっさいの成熟を拒否した口語文体にある。一般読者から「万智ちゃん」と呼ばれているのは何故かと考えてこの結論に至る。そもそも見識ある青年ならば自分のことを「ちゃん」付けで呼ばない。ところが俵氏は詩人を見識ある人物と認めることを断固拒否している。

万智ちゃんを先生と呼ぶ子らがいて神奈川県立橋本高校

（『サラダ記念日』、一九八七年（昭和六二年））

詩人を軍人や政府高官よりもはるかに権威ある存在と信じていた中原中也[5]がいま生きていれば激怒したであろう。時の首相・岸信介よりも権威があったと恐れられた俳人・高濱虚子[6]は苦笑したであろう。

そう言えば、つかこうへい[7]の戯曲『蒲田行進曲』の主人公は「銀ちゃん」と呼ばれていた。全てのタブーが崩れた資本主義社会の芸術的悲恋は同性愛だけだと喝破したつかの慧眼は恐るべきものがあった。彼もまた成熟を拒否した。

『サラダ記念日』は戦後の成熟拒否芸術の開拓者なのだ。『大人にならんでもええんや』という強烈なメッセージは漫画やライトノベルに大きな影響を与えた。

漫画もライトノベルもロックン・ロールもサブカルチャーである。当然メインカルチャーは厳然として存在する。

だが私は思う。革命はサブカルチャーから始まる。俵万智は笑顔の文学革命家である。口語短歌の読者にとっては、俵万智が主流で佐藤佐太郎がもはや傍流である。戦後短歌における革命は見事に成就した。

しかし、それは美と真実を追求する詩ではない。現代短歌は戯作となった。歌人はもはや芸能人である。それで良いのか。

(1) 本章は以下の随筆に大幅な加筆と修正を行ったものである。「忘れられない歌集・サラダ記念日」、

『短歌』(角川文化振興財団)、第六二巻第九号、二〇一五年(平成二七年)八月号、八六頁。
(2)河出書房新社より一九八七年(昭和六二年)刊行。
(3)主婦の友社より一九八二年(昭和五七年)刊行。
(4)一九四一年生。漫画家。『ハーイあっこです』、一九八〇―二〇〇二年。『小さな恋のものがたり』、一九六二年―二〇一四年。
(5)一九〇七年―一九三七年。昭和期の代表的詩人。生前出版の詩集は『山羊の歌』(文圃堂、一九三四年(昭和九年))のみ。死後、全集刊行。
(6)一八七四年―一九五九年。俳人。大正・昭和期俳句の第一人者。
(7)一九四八年―二〇一〇年。戯曲『熱海殺人事件』、一九七三年(昭和四八年)。『蒲田行進曲』、一九八〇年(昭和五五年)。小説『幕末純情伝』、一九八八年(昭和六三年)。

第四章　ソシオネットワーク戦略(1)

あたらし学を開かん勇猛を集まり来る(きた)青年ら見よ

（鵜飼康東歌集『ソシオネットワーク』、一二八頁）

おはようございます。ソシオネットワーク戦略研究センター最高責任者の鵜飼康東です。本日より五年間、研究員、ポスト・ドクトラル・フェロー、リサーチ・アシスタント、事務職員、定時職員の皆さまとともに最先端の情報通信技術に関連した新しい政策科学の開拓に邁進するつもりです。よろしくお願い致します。

「ソシオネットワーク戦略研究」の名称は本日ご参加の大阪府立大学・渡邉真治先生と私が今年の正月休暇に大変苦労して考えました。ある国務大臣の「世界のどこにもない名称の研究所にしてください」という要請に応えたものであります。各方面より「斬新な名称ですね」とお褒めの言葉をいただいております。

『ヨハネ福音書』は「はじめに御言葉ありき。御言葉は神とともにありき」という有名な一節から始まります。みなさんの目指す研究が最終的にどのような形をとるかは全く分かりません。ただ「ソシオネットワーク戦略研究」という言葉だけが決まっているのです。愉快ではありませんか。

みなさんの研究所はThe Review ofSocionetwork Strategiesという英文査読誌を刊行することが文部科学省より義務付けられております。[2]

さらにこのこの英文雑誌を舞台にThe Society of Socionetwork Strategies[3]という国際学会を設立し、世界におけるこの種の研究の中心になることが期待されています。

このような高い目標を達成するために、みなさんの研究所は日本の慣習と全く異なる運営方針を採用しております。

第一に、研究費は個々の研究者に平等に配分されません。会計情報は毎月電子メールにより配信されます。各研究員は私にいつでも支出の打診を電子メールで行ってください。研究推進委員の柴先生、榎原先生と協議の上、支出の可否を一週間以内にお知らせ致します。すでに、慶応義塾大学・渡邊朗子先生より「七月に北米の新しい建築を視察したい」との申し入れがありました。前向きに検討いたします。

第二に、五年間で総計七億円の研究所予算は設備、施設、建物、三名のポスト・ドクトラル・フエローと三名のリサーチ・アシスタントの給与に集中しています。これは、教授クラスの研究員は、科学研究費や官庁、財団の委託研究費を受けることを前提にしています。たとえば、私に一九九七年四月以来支給された科学研究費は総計三二八〇万円です。さらに、本年度の新規獲得・科研費は六三〇万円です。また、七月一五日より、総務省郵政企画管理局の三五〇万円の特別研究委託を受ける予定でみなさまの中から共同研究者の人選を進めております。

第三に、全体会議、研究班会議、分科会などの各研究会はすべて、本日のように情報ネットワークを介した遠隔テレビ会議システムにより開催されることを前提としています。これは研究員の先生がたがすでに各専門分野で一流の方々ばかりであり、一箇所に集まり議論する時間がまったくとれないからであります。ある高名なエコノミストは「これだけ超一流の学者を集めてどうして会議ができるのか」と皮肉をこめて言われました。武田信玄と上杉謙信と織田信長を集めたみたいだそうであります。ちなみに、奈良の山口英先生は織田信長そっくりであります。

第四に、研究分野は社会科学でありますが、研究対象は芸術分野も含んでいます。渡邊朗子先生の父君渡邊明次博士は建築家ミース・ファン・デル・ローエ[4]の弟子であり、私は国民詩人齋藤茂吉の孫弟子であります。本研究所はインターネット技術を介した学問と芸術の殿堂をめざします。

第五に、本研究所は英語による共同論文の執筆を義務付けています。したがって、英文添削ための予算を計上しています。学際的英語論文は日本では学問的水準が低く成功していません。みなさんが専門分野の査読付論文で鍛えた力をおおいに発揮してくださることを期待します。[5]

七月二〇日より建物の工事が始まります。しばらくは関西大学天六学舎鵜飼研究室を拠点に不便な生活が続きます。しかし、来年二月に完成する施設は小さいながらも最先端の研究施設を備えています。慶応義塾大学グローバルセキュリティ研究センターが戦艦大和ならばわれわれはさしずめドイツのポケット戦艦アドミラル・グラーフ・シュペーです。しかし、このポケット戦艦が世界の学問と芸術の海を征服するのです。[6]

ありがとうございました。

（1）本章は、二〇〇二年（平成一四年）六月一五日に早稲田大学大学ＩＴセンター、奈良先端科学技術大学院大学山口英研究室、関西大学情報処理センターを高速度通信網で連結して実施されたテレビ会議における開会演説の速記録である。会議を主導された山口英教授（内閣官房情報セキュリティ補佐官）は二〇一六年（平成二八年）に在職中に急死された。研究員須田一幸・早稲田大学教授も二〇一一年（平成二三年）に、研究員中庭明子・大阪産業大学専任講師も二〇〇八年（平成二〇年）に、研究員蟻川浩・奈良産業大学専任講師も二〇一二年（平成二四年）に在職中に急死された。謹んで四名の同志に哀悼の祈りを捧げたい。

（2）二〇〇七年三月創刊。https://link.springer.com/journal/12626　参照。出版社はSpringer Natureである。

（3）二〇〇四年七月二四日設立。http://www.kansai-u.ac.jp/riss/en/commu/socio.html　参照。

（4）Ludwig Mies van der Rohe. 一八八六年―一九六九年。ドイツに生、米国に亡命。シーグラム・ニューヨーク本社を設計。ガラスとブロンズ枠で外観が構成された超高層建築。

（5）研究成果は以下ＵＲＬ参照。http://www.kansai-u.ac.jp/riss/research/paper.htm 特に以下の海外出版社刊行学術書二冊を参照。http://www.springer.com/jp/book/9784431242048 http://www.sup.org/books/title/?id=20782

（6）本演説の翌年二〇〇三年（平成一五年）に研究施設は第一六回日経ニューオフィス賞近畿ニューオフィス奨励賞（情報賞）を受賞した。また二〇〇五年（平成一七年）に鵜飼康東歌集『ソシオネットワーク』（角川書店）が出版された。

第五章　口語・文語・英語[1]

二〇一四年（平成二六年）一二月早稲田大学カトリック研究会の指導司祭であった井上洋治神父様が帰天された。八十六歳だった。無の神学を提唱した独創的思想家だ。二十歳のとき彼の説教を感動して聞いた。

さて、二〇一四年度の女性歌人の業績を通観して二つの問題が頭に浮かんだ。第一は口語すなわち現代日本語と短歌形式の葛藤である。第二は英語を含む外国語への翻訳によって短歌作品のポエジー（詩想）がどのように変化するかの問題である。

この二大問題は作者が男女であるかどうかに係わりは無い。性差を超えた問題である。かつては穂村弘氏[2]、今は山田航氏[3]の問題提起は私のような伝統的歌人を脅かす。

しかし敢えて女性短歌の展望に取り上げる理由は俵万智氏の第五歌集『オレがマリオ』を最近読了したからである。

現代の口語短歌について分析すれば俵氏の作品を排除することは出来ない。戦前のプロレタリア口語短歌における陰湿な言語感を拭い去り、「あかるくたのしい」短歌の概念を青年男女に植えつけた。これは俵氏の大きな功績である。河合克敏氏の漫画『とめはねっ！鈴里高校書道部』（二〇〇七―二〇一四年・小学館）に西行法師とともに俵氏の作品が登場した時に私はこの感を深くした。

俵万智歌集『オレがマリオ』（文藝春秋・二〇一三年・平成二五年）から注目作を挙げよう。

子を連れて西へ西へと逃げてゆく愚かな母と言うならば言え

係員の入力ミスか「日本は終了しました」とある掲示板

落ち葉踏む音をおまえと比べあうしゃかしゃかしゃかはりりしゅかしゅかぱりり

前の二首は福島第一原子力発電所事故を連想させる。二〇一一年（平成二三年）三月原子炉壊滅を予想した欧米列強は日本政府の崩壊に備えて自国民保護のために航空母艦や潜水艦の日本列島への派遣を検討したと聞く。

筆者が最高責任者を勤めていた研究所ではロシア人の研究員が家族の連日の電話による懇願に負けて一時帰国した。「どうか心配しないでママ、福島県は大阪府から遠いのよ」と電話で話すと「何言っているの、地球儀で見るとすぐそばじゃない！」と絶叫されたそうである。「日本は終了しました」の一首はまことに巧みな叙事詩である。

引用第三首は中川李枝子・山脇百合子の絵本『ぐりとぐら』のごとき擬音の楽しさがある。大衆の感性と密着して生きる俵氏の特徴が顕著である。俵短歌の愛読者は涙すべし。味方も多いが敵も多いのが俵作品である。俵氏の作品に社会性の欠如を指摘する批判は多い。だがそれは的外れの批判である。現代口語で社会を論ずれば詩として浅薄かつ滑稽にひびく。よって氏は文学戦略上あからさまに社会を歌わないのである。

もう一冊口語短歌に果敢に挑戦する女性作家の注目歌集をあげる。江戸雪『声を聞きたい』（七月堂・二〇一四年・平成二六年）である。

　　とぎれつつトランペットの音のする春の霞のなかのくちづけ

秀歌であるが一つ疑問がある。この詩で効果を発揮しているのはトランペットの音感である。ならば第一句に再考の余地があろう。

江戸氏が、プロレタリア口語短歌の累々たる失敗の集積の上にさらなる愚行を積み重ねるのか。あるいは突破口があるのか。「文語・歴史的仮名遣い」という古色蒼然たる武器によって戦う私は江戸氏の挑戦に注目する。

最後に松平盟子氏の注目作を挙げる。『短歌』（KADOKAWA）二〇一四年（平成二六年）七月号の一首である。

　　脳天気の脳叩（はた）く鳥よコッカシュケン今日も高鳴くコッカ、コッカ、シュケン

松平氏を口語短歌の実験者とすることは出来ない。松平氏の文語的感覚は中世文学の研究者を目指した青春時代の言語訓練に発している。しかしこれは面白い歌である。国家主義者

を痛罵しながら響きが明るい。松平短歌独特の対象に粘りつくような感覚から切れている。申すまでもなく私は国家主義者である。二七歳で歌壇に新風として登場以来私の政治思想は首尾一貫している。(4)

さて口語とくれば文語である。女性歌人随一の文語の使い手と言えば尾崎左永子氏である。『短歌』二〇一四年(平成二六年)一〇月号(KADOKAWA)より引く。

青葉濃き鎌倉山のほととぎす人想ふこころ剪るごとく啼く

茅原(かやはら)は光乱して吹かれゐき蜻蛉(あきつ)は宙にとどまりながら

新古今集以後の名だたる勅撰集のなかに入れてもまったく違和感がない。ただ「剪る」、「啼く」、「宙」のような特殊な漢字を用いるのは私の趣味に合わない。フェティシズム(5)の匂いがする。この点を除けば技巧は非常に高い。

しかしこれで良いと私は考えていない。文語定型詩人として「日本語表現はここで終るべきではない」と思う。

不如帰の鳴声を「ココロキル」と表現し、蜻蛉の飛行を「ソラニトドマル」と把握するだけでは最先端の詩としては不十分である。感覚的にもっと深く踏みこむ必要がある。

現代の文語短歌には異常感覚を深く秘めた言語の展開が必要なのだ。味覚、嗅覚、聴覚、触覚、視覚を大脳皮質の限界を越えて広げる言語開拓によって文語表現は日本語をさらなる高みに引き上げていくことができる。語感が浅薄軽桃な口語でこの事業は不可能である。

次に第二の主題は短歌の翻訳問題である。私の問題意識はボストンのハンティントン劇場でナオミ・イイズカ作の36 Viewsを見た時に始まる。二〇〇五年（平成一七年）三月であった。

劇中で愛を象徴する詩として和泉式部(6)の作品が英語で朗読されたのである。

もの思へば沢の蛍もわが身よりあくがれいづる魂かとぞみる

日本詩人の代表作としてこれをあげた作家の鑑識は素晴らしい。問題は英訳である。蛍は

fireflyと訳されていた。直訳である。語感が非常に悪い。蛍ではなく微光を表す英語でよいのではないか。ポエジーはかすかな光が夜の川を渡りゆく情景にあり。作者が自分の心はあの光だと感じた視覚にある。

このような疑問を抱いて九年余り経つ。昨冬にめぐりあった書籍が北村芙紗子・中川種子・結城文訳『茂吉のプリズム』（ながらみ書房・二〇一三年・平成二五年）である。

各ページ左側に齋藤茂吉の作品が一首一行で掲載されている。右側の上半部に原作の英訳が五行で掲載され、下半部に原作の発音が単語ごとにローマ字で掲載されている。

膠着語である日本語を単語ごとに発音することに私は反対である。韓国で「カンサムニダ」を「カンサ」と発音し「イムニダ」と発音すれば膠着語になじんだ韓国人に笑われるのと同じである。さらに、短歌を五行詩とすることにも賛成できない。茂吉に限らずアララギ派の短歌は句割れや句跨りを巧妙に駆使する技巧を誇っている。つまり、二行詩として翻訳することが適切である場合もあれば三行詩として翻訳することが適切である場合もある。

しかし一五〇の作品を眺めれば眺めるほどに三名の女性歌人の仕事に深い感動を覚えた。

黒貝のむきみの上にしたたれる檸檬の汁は古詩にか似たる

the lemon juice
dripping on shucked kurogai
renders up
the flavor
of an old poem

古詩はラテン語かギリシャ語の詩と意訳したほうが茂吉の制作意図が明らかになると思う。黒貝はイタリア語に変更してくれ。不満は泉のごとく湧き出てくる。しかし翻訳はとりあえず英詩になっている。これは良い仕事である。かつてハーバード大学でもオックスフォード大学でも外国詩人の朗読会はしばしば行われていた。まず原文を著者が読み次に英訳を読む形式だ。例えば、ドイツの詩人が朗々と歌い次に英語で述べると迫力があった。

近藤芳美氏にアメリカ留学のご挨拶に伺った宴席で「アメリカか、詰まらん。ドイツに留学しろ。職業欄に詩人と書いたら大いに尊敬されるぞ」と冗談を飛ばされた理由はこれかと思った。

自分の作品が外国語に翻訳されて読者を獲得することは今後歌人が意識すべき目的であると私は思う。優れた歌人がノーベル文学賞を受賞しても何の不思議もない。正岡子規以来の短歌革新運動はアジア文学史上の偉業である。

幸い、日本では幾人かの歌人が大学の文学部教員に就任している。中世、近代、現代の外国文学者が共同して『茂吉のプリズム』のような共同研究に取り組んで欲しい。

少なくとも塚本邦雄氏と岡井隆氏の作品翻訳作業は「玲瓏」と「未来」に結集している青年の仕事ではないか。

「文語で歴史的仮名遣い」を用いる私が短歌を英訳することを矛盾であると思う人がいるかも知れない。しかし何の矛盾も無い。わが歌集『美と真実』より英訳の例を挙げる。


全身に精液したたりゐるごとき若き黒人が冷えびえと立つ（一九八一年）

Dropping his love juice,
A blach boy is standing

Like an fragment of ice!

上の直喩を消して下に直喩をもってきて英訳する。ポエジーの中核は「セクシーな黒人青年が立っている姿」であり、残りは如何様にも英訳可能である。しかし日本語の文語律動を英語に移すことは不可能である。逆もまた真なり。

「文語で歴史的仮名遣い」を使用することで言語律動によって日本人の心を捉え、革命的詩想の提示により海彼に撃って出る。これが私の戦略である。

（1）本章は以下の展望論文に大幅な加筆と修正を行ったものである。「振向くな前を見よ―女性歌人」、『現代短歌』、第三巻第一号、二〇一五年（平成二七年）一月号、二〇―二三頁。

（2）一九六二年生。歌人。口語文体で制作。知名度は俵万智氏に劣る。しかし文芸評論の理論的水準は俵氏よりもはるかに高い。

（3）一九八三年生。歌人。口語文体の推進者。実作よりも評論の理論的水準が高い。

（4）鵜飼康東『市場と正義―経済理論と日本社会の葛藤』（二〇〇二年・関西大学出版部）を参照。本書は二〇〇三年度（平成一五年度）の日本公共政策学会・会長講演で「きわめて刺激的」な政策研究と高く評価された。

（5）Fetishism. 特殊な漢字を用いて単純な意味を伝達すべき短歌の発音に知的な装飾を負わせるのは危険である。
（6）生没年不詳。平安時代中期の歌人。恋愛歌に世界水準の傑作が多数ある。

第六章　アメリカ詩との遭遇

佐藤先生は晩年ノーベル文学賞を意識していた。したがって自作の英訳の優劣を判定することができる弟子を大切にされた。私は英国エリザベス王朝詩講義をPeter J. Makin教授[1]から受け、専門であるエズラ・パウンド[2]の詩についても教えを受けていたので、結社「歩道」内部で優遇された。

今から思えばロバート・フロスト[3]の詩を翻訳した実績がある尾崎左永子氏が適任だったと思う。しかし、昭和四十年代の尾崎氏はわれわれから見れば破門された過去の人であった。尾崎氏の夫君である故尾崎巖博士は慶応義塾大学名誉教授であり産業連関分析の日本における開拓者であった。さらに私の学問的指導者であったハーバード大学教授デール・W・ジョルゲンソン[4]の友人でもあった。

一九七五年（昭和五十年）十月、雑誌『歩道』に掲載した私の評論「英訳佐太郎短歌について」は、翻訳対象歌に詩としての内容がなければ英訳は失敗していると分析した。私が最も成功した英訳と評価した齋藤襄治（一九一七―二〇〇七）氏の例を挙げる。

あらそひの声といふとも孤独ならず鮭の卵を噛みつつ思ふ

（佐藤佐太郎歌集『地表』、昭和二八年）

They are not lone souls
　That quarrel.
I taste the blackfish eggs
　As I quietly bite into them.

六年後、私はハーバード大学に渡った。ジョルゲンソン研究室で計量経済学の研究に励む傍ら佐藤先生の負託に応えるべく米国現代詩の修養に配慮を怠らなかった。

一九八二年（昭和五十七年）四月二十日、火曜日の夕、ボストン文藝協会において「アメリカ現代詩」と題する小宴が開かれた。協会はいまだ残雪の厚く敷いたボストン中央公園の北端、煉瓦造りの建物が並ぶ街区に立っていた。

当日の報告者はハーバード大学講師ヘレン・ヴェンドラー[5]であった。ヘレンは、第一次世界大戦後のトマス・S・エリオット[6]、ロバート・フロスト、エズラ・パウンド、ウイリアム・C・ウイリアムズ[7]の作品について展望を行った。

続いて、次世代の詩人、A・R・アモンズ[8]、ジョン・アシュベリー[9]、ジョン・ベリマン[10]の作品の朗読に入った。

ヴィクトリア女王時代の肘掛椅子に身を沈め、高級な葡萄酒を飲みながら、煉瓦造の一室でシャンデリアの光を受けて、壁に造りつけの棚にひしめく金文字皮表紙の歴史上名高い欧米詩人の著書を眺めつつ、朗々たる英語詩を聞いた。

朗読終了後、日本詩人としての感想を求められた私は英語で短い演説を行った。

「紳士淑女諸君。ただいま朗読された詩は何れも国家と民族を鼓舞する強い意志を感じることができません。現在の欧米文明が直面している精神的危機を克服することに何の益もない。これらの詩がこのアメリカ大陸に生きている市民の心を慰め、勇気を与えると私には到底思えません」。

これに対するヘレンの答えは衝撃的なものであった。「プロフェッサー・ウカイ、このアメリカは実用的な学問を尊ぶ国です。この国では詩人は『ごろつき』と同じ意味です。詩人は常に自己の属する共同体から拒否され共同体への愛と憎しみに苦しんでいます。現代屈指の詩人アレン・ギンスバーグ[11]はロシア系ユダヤ人で、米国では差別されている集団に属します。彼は自分がロシア系ユダヤ人であることに愛と憎しみの混在したきわめて複雑な感情を抱いています」。

私は呆然としてヘレンを見つめた。ギンスバーグの詩は日本にも愛好者が多い。しかし血と麻薬の匂いがする。私が尊敬してきた欧米詩人とはまったく別の存在だ。敢然として国民詩人ウオルト・ホイットマンに反逆したエズラ・パウンドとも違う。パウンドの詩には反逆対象への敬意があるからだ。彼の詩 A Pact の一節を引用する。

I make a pact with you, Walt Whitman-
I have detested you long enough.
I come to you as a grown child

Who has had a pig-headed father;

お前と手を結ぼう、ウォルト・ホイットマンよ
お前にはほとほとうんざりしてきた。
昔の子供は成長してお前に会いに来た
へそ曲がりの親父にずっと付き合いながら

確かに日本でも同性愛や部落差別や朝鮮・韓国人差別に苦しむ青年が社会への愛憎が屈折した詩を作ってはいる。だがそれが日本の自由詩・俳句・短歌の主流ではない。重い沈黙が支配した読書室の一角から柔らかく美しい声が響いてきた。振向くとサウジアラビア王国から来た痩身優美な女性教育学者であった。

「私どもの国では、詩は社会の指導者が身につけるべき教養のひとつです。例えば前の国王ファイサル・ビン・アブドルアズイーズ陛下は優れた詩人でございました」。

私はファイサル国王が自国の近代化を推進したことにより甥に拳銃で殺害された経緯を

知っていた。悲劇の帝王ならば日本には天才詩人・後鳥羽上皇がいる。
だが佐藤先生は後鳥羽上皇と根本的に違う。

露出して鋭き石に烏啼く曇り日寒き草山の上

（佐藤佐太郎歌集『地表』、昭和三十年）

The crow caws
In the chilly and cloudy sun,
As it perches on a sharp edge of rock
Exposed on the grassy hill.

（齋藤襄治訳）

佐藤佐太郎の最後の弟子としてやるべき仕事は日本短歌を世界文学とすることである。戦う相手は欧米現代詩人の思想と作品である。晩年の先生が私に与えた課題は私の人生に重くのしかかった。

（1）一九四六生。英国キングス・カレッジ卒。Ezra Poud の研究書を多数刊行。京都在住。
（2）Ezra Weston Loomis Pound. 一八八五年―一九七二年。米国を代表する詩人。ファシズムを支持した。代表作、The Cantos.
（3）Robert Lee Frost, 一八七四年―一九六三年。彼の詩 The road not taken は米国義務教育で必ず習う詩と言われている。
（4）Dale Weldeau Jorgenson. 一九三三年生。新古典派を代表する経済学者。米国経済学会会長を務めた。The MIT Press から著作集全十二巻を刊行。
（5）Helen Vendler. 一九三三年生。ハーバード大学卒。高級誌『ニューヨーカー』の書評を担当。英米詩の批評の第一人者。
（6）Thomas Stearns Eliot. 詩人。一八八八年―一九六五年。米国に生、英国に帰化。代表詩 The Waste Land 1922、代表戯曲 Murder in the Cathedral 1935、代表評論 Poetry and Drama 1951。一九四八年ノーベル文学賞受賞。
（7）William Carlos Williams. 医師、詩人。一八八三年―一九六三年。
（8）A. R. Ammons. 詩人。一九二六―二〇〇一年。
（9）John Ashbery. 一九二七年生。現代米国の代表的詩人。前衛的作風で知られる。
（10）John Berryman. 詩人。一九一四年―一九七二年。
（11）Irwin Allen Ginsberg. 一九二六―一九九七年。米国 Beat Generation の代表的詩人。

第七章　佐藤佐太郎覚書

一　無冠の帝王(1)

佐藤佐太郎。一九〇九年生、一九八七年没。正五位勲三等瑞宝章受章、日本芸術院会員。岩波書店より『佐藤佐太郎集』全八巻刊行。ここまで書いて「これは私の先生ではない」と思った。直弟子はみな同じ思いであろう。佐藤先生にはながい不遇の時代があった。

不遇期は一九五二年（昭和二七年）歌集『帰潮』により読売文学賞を受けてから一九七五年（昭和五〇年）紫綬褒章を受けられる迄の二十三年間である。この期間に結社歩道に集まった若い歌人は皆未知の先生の作品に偶然触れて雷撃のような感動を呼び起こされた経験を持つ。ある者は電車の床に落ちている古新聞を拾い先生の作品を初めて読んだ。またある者は歌集『地表』を土木技術書と間違えて書店で立ち読みした。

午後の日に砥のごとき土見てゐたり驚怖の声はいづこに潜む

（一九五二年・歌集『地表』）

かへがたき祈のごとき香こそすれ昼のくりやに糠を炒り居る

（一九五三年・歌集『地表』）

平たく固い地面を見て「生きる事の恐怖」に震える人は下手をすれば精神に異常を来している と看做される。台所に漂う米糠を炒る匂いを「祈りのごとき」と直喩で表現する感覚も異常である。先生はこのように狂気と正気の危険な狭間に詩を成立させた。

だが、佐藤先生が傲慢な天才詩人に過ぎないのならば野心に満ちた弟子はみな離れたに相違ない。『帰潮』刊行以後も先生は刻苦勉励して詩的技術を発展させた人であった。齋藤茂吉の技術を盗みそれを越えんとした人であった。これが世人の先生を「茂吉の弟子」に過ぎないと軽蔑した理由である。

氷塊のせめぐ隆起は限りなしそこはかとなき青のたつまで

（一九六二年・歌集『冬木』）

憂なくわが日々はあれ紅梅の花すぎてよりふたたび冬木

（一九六五年・歌集『冬木』）

歌集『冬木』は発表当時さほど評判にならなかった。一見茂吉の亜流の自然詠と見えたからである。歌壇では上田三四二ただひとりが熱狂的に支持しただけである。

しかし直弟子はみな気づいていた。これは茂吉にはなかった詩的技術である。言語に省略があるのだ。例えば「限りなし」の句と次の「そこはかとなき」の句の間に大きな飛躍がある。「隆起の末端の氷」という言葉の省略がある。しかし一般読者はそれに気がつかない。その秘密は「そこはかとなき」という一句の音感にある。佐太郎先生は精進の結果言葉のひびきによって飛躍を読者に感じさせない技術を体得した言語職人でもあった。

夕光のなかにまぶしく花満ちてしだれ桜は輝を垂る

（一九六八年・歌集『形影』）

春の雪ゆたかに降れば三昼夜ひたすら融けて音とどまらず

（一九六九年・歌集『形影』）

雑誌『歩道』一九七二年（昭和四七年）一月号の後記に先生は次の様に書いた。「もともと私は短歌を作ること以外に能のない人間である。（中略）私はかすかなウタツクリとしてすぎることを悔いない」。

恐ろしい「無冠の帝王」の言である。

二　添削(2)

佐藤先生の選歌と添削は厳しかった。門人は毎月一回の面会日に短歌十五首を持参する。最初は高弟の予選を受けた。長澤一作、由谷一郎、菅原峻等である。高弟は赤いボールペンで選歌と添削をした。その後に佐太郎先生の本審査がある。先生は朱墨を滲ませた毛筆を使用された。荘厳な雰囲気で部屋に咳一つ聞こえない。

高弟が文頭に丸をつけた作品に先生が朱筆でレ点を打てば合格である。清書して提出後に翌々月号の歌誌『歩道』に掲載される。問題作品があれば添削が始まる。添削中に先生はぽつりぽつりと独語された。

私は国分寺にあった下宿に帰宅してから即座にその片言隻句をノートに書きとめた。

一九七一年（昭和四六年）七月の添削を示す。先生六十二歳、私は二十五歳であった。

買ひ置ける書物はつねに余裕なき吾の心のこだわりとなり　（康東・原作）

買ひ置きし書物はつねに余裕なき吾の心のこだはりとなる　（佐太郎・改作）

このとき先生は「面白い言い方をするな」とつぶやかれた。これは褒め言葉である。添削によって結句の意味に殆ど変化はない。しかし結句の音感は引き締る。上句の「置ける」の「る」は軽薄な語感だが「置きし」は一拍置いて「書物」に繋がり重厚になる。古今集や新古今集の華麗軽快な音感を排斥し、万葉集の素朴重厚な語感を重んじたアララギ派の詠風を先生は私に体得させた。

六月の曇れる空のひとところ明るみをりて動くさま見ゆ
（康東・原作）

六月の曇れる空のひとところ明るみありて明るみ動く
（佐太郎・改作）

この時先生は「言葉は重ねても素朴単純な味わいが出ればそれでよい」と独語された。
次に高弟由谷一郎氏が頭に丸をつけた作品でありながら先生がレ点を打たれなかった興味深い一例を示す。

清清しきバナナ一房買ひ来たり部屋にし置けば朝（あした）くろずむ
（康東・原作）

先生は「上の三句の感覚はあたらしい。しかし下の二句の語感がよくない」と呟いて素通りされた。二メートルほど離れて他の門人の作品の予選をしていた由谷氏の顔色が一瞬青くなった。

由谷氏は後刻先生の席から離れて清書をしている私に目配せして別室に招いた。「鵜飼君、俺はあの歌良いと思う。下句を改作して来月先生のご覧に入れろ」。しかし私はあえてそうしなかった。九年後に出版した第一歌集『断片』の冒頭に置いた決定版を示す。

黄色なるバナナひとふさ清々しきそのひとふさをもとめ帰り来

（康東・再改作・決定版）

さらに私は添削を受けた冒頭の作品も九年後に改作した。

買ひ置きし書物はつねにゆとりなきわれの心のこだはりとなる

（康東・再改作・決定版）

即ち「余裕」という漢語よりも「ゆとり」というやまと言葉を用いた方が「書物」という漢語と音感が釣合うと考えたからである。

二十五歳の野心に満ちた青年詩人にとって添削は師の技術を盗み取りわがものとする闘争であった。

三　独創(3)

佐藤先生は人真似を嫌った。第十歌集『開冬』が刊行されるまで文壇の権威は先生に「独創に乏しい茂吉の弟子」という低評価を下していた。これが先生には非常に不満であった。「俺は齋藤先生の真似をしていない」と憤然として言われたことがある。

従って先生は直弟子に詩的内容も言語感覚も自分とは異なる短歌を作ることを要求された。最盛期に二千を数えた門人で佐太郎のこの過酷な要求を体して冒険を試みた無法者は十指に満たない。

冒険の場所は歩道東京歌会であった。一九七五年（昭和五十年）七月二十日の記録を示す。場所は高弟菅原峻が勤務していた日本図書館協会会議室である。この時、先生六十六歳、当時の筆頭高弟長澤一作四十九歳、写実派を代表する俊英と歌壇から遇されていた私は二十九歳であった。

みづからの顔を幻に見ることもありて臥床（ふしど）に眠をぞ待つ　（佐藤佐太郎）

石仏群しづまる崖にひびきくる晩春の峡の午の蛙ら　（長澤一作）

独創をもとめてあかぬ生きざまのときにはげしく罪の香ぞする　（鵜飼康東）

先生の歌は作者名を伏せての事前投票で最高点を獲得した。されど参加者五十五名のうち幾名がこの作品の独創性を理解したかは不明である。茂吉にも幻の歌は幾つかあるがいずれも他者の幻影であった。自分の顔が瞑目すれば意識に浮かぶ時間は精神医学の症例研究の対象である。私にこの独創が分かったのは先生死後のことであった。

長澤一作の作品の評価は低かった。事前投票者わずか四名。司会者が指名した評者は「月並俳句が間延びした描写だ」と酷評した。ところが批評の後に司会者が「この歌、先生が採っておられます」と言った。会場はどよめいた。

先生は「評者は『しづまる』と言いながら『ひびきくる』と言っていると対比を非難したがこれで構わない。いい情景の歌です。だが下句に『の』が三つ続いて間延びする。『晩春の峡午の蛙ら』と二つ名詞を重ねると語感が引き締る」と言われた。

私の作品の事前評価得票数は十票と第三位であった。しかし司会者指名の高弟達は低い評価を下した。特に「生きざま」という語感の卑俗さが非難の対象となった。「罪の香」も評判は最悪だった。

それまで黙って聞いていた先生が突然「悪くない」と言い放ったので皆驚いた。長澤一作が私を見て大きく頷いた。

ただし、先生は「独創を求めてあかぬ」人は誰かということを問題にされた。もし作者のことを言っているのならば詩として価値が低い。しかし、他人のことを言っている歌ならば新しい。作者とその人との関係が暗示されるように表現すればこの新風が生きると言われた。

五年後改作した一首は私の歌集『断片』の代表作の一つとなった。先生はこれがご自分の生き方を歌われたと知らずに亡くなられた。

独創をもとめてあかぬこの一生ときにはげしく罪をともなふ

学者も芸術家も独創に人生を賭ける。だが家族は独創的事業の犠牲者である。カール・マルクス夫人の生涯を見よ。(4)

四　純粋短歌(5)

『純粋短歌』(一九五三年・昭和二八年・寶文館)は佐藤佐太郎の著作の中では最も読まれない書物である。今西幹一氏(6)が関西学院大学から、秋葉四郎氏(7)が立命館大学から文学博士号を得たときに精読されたのみである。

二十世紀最高の詩人と呼ばれたT・S・エリオットは現代の詩人は体系的詩論を必ず書く

べきだと考えていた。
『純粋短歌』の中核部分である「純粋短歌論」は本文五十頁、約二万二千字の詩論である。率直に言えば先生の論旨はやや独断的であり論理的説得力に欠ける。私が文学博士論文審査員ならば落とす。[8]これでは当時隆盛を誇ったマルクス主義歌人も結社「アララギ」の覇権を握った土屋文明一門もとうてい納得できなかったであろう。[9]
だが「純粋短歌論」執筆当時佐太郎は第五歌集『帰潮』の作品群を生み出していた。すなわち『純粋短歌』と『帰潮』は詩人佐藤佐太郎にとって表裏一体の産物であった。
私は「純粋短歌論」を独断に満ちた信仰告白と判断している。しかしこの孤高の告白はなんと悲壮な日本語であろうか。最後の一節を引用しよう。原文漢字は繁体字である。

「私は短歌に於いて「瞬間」と「断片」とに殆ど最高の意味を置いて考へてゐる。それは短歌という純粋抒情詩は「限定」する働きをぎりぎりまで追求する型式だからであり、限定の最も純粋な形に於いて現実は瞬間と断片とに落ち着くからである。」

（原著四九頁）

さて先生は「優れた短歌を作るために政治的思想は邪魔だ」と言っている。したがって敗戦後の社会主義短歌はすべて否定される。もちろん現代の反戦歌もすべて否定される。佐太郎短歌の思想性の欠如を批判する文芸評論は今も多い。ところが佐太郎はマイナスのカードをすべてプラスに変える悪魔である。「思想性があるから詩が低級なのだ」と言い放つ。佐太郎は過激な芸術至上主義者なのである。これはファシストも共産主義者も激怒する大胆不敵な宣言である。

第二に、先生は人間の感動には低級な感動と高級な感動があると言っている。先生の歌集に恋の歌がほとんどないのはそもそも恋愛感情が詩の対象にはならないからである。したがって齋藤茂吉の全文業の中では歌集『赤光』の連作「おひろ」は芸術的価値が低い。中国の唐や宋の時代の第一級の詩人たちは恋愛を殆ど詩にしていない。教養高い人間が歌うべき対象ではないからである。

第三に、先生は世俗生活をそのまま記述することは「詩」ではないと言っている。世俗生活は純粋な感動と卑俗な感動のカオスだからである。ここに至って土屋文明の「生活即文学」という有名なテーゼは完全に否定される。佐藤先生の刃は結社「アララギ」の左右の思想家たちを一刀両断した。

理論武装のために動員された欧米の芸術家、思想家は九名である。フランスの詩人A・P・T・J・ヴァレリー[10]、オーストリアの詩人H・L・A・ホーフマン・フォン・ホーフマンスタール[11]、フランスの小説家ロマン・ロラン[12]、フランスの小説家G・フローベール[13]、フランスの彫刻家F・A・R・ロダン[14]、ドイツの詩人J・C・F・フォン・シラー[15]、ドイツの哲学者W・C・L・ディルタイ[16]　ドイツの詩人政治家J・W・フォン・ゲーテ[17]　フランスの詩人哲学者J・M・ギュイヨー[18]。

この論法は戦前日本のマルクス主義者がとった方法と良く似ている。福本和夫[19]は日本のマルクス主義者が見たこともない外国語文献を論文に羅列して論敵を威圧した。[20]気になることがひとつある。二〇世紀最大の心理学者であるS・フロイトも超現実主義の詩人A・ブルトンも引用されない。これは知識人たる詩人のとるべき態度ではない。

思うに、先生は自分に言い聞かせるために『純粋短歌論』を書いたのであろう。結社「アララギ」は土屋幕府と揶揄される状況であり、孤立無援の中でただおのれの正義を主張せんとして書いたのだ。この絶望のなかで生まれた短歌の輝きを思うとき、さしも冷徹な私の理性も揺らぐのである。

五　虚　句（21）

先日ある青年歌人から「鵜飼さんにとり佐太郎はどういう詩人ですか」と質問された。私は即座に「虚句の天才」と答えた。

あぢさゐの藍（あゐ）のつゆけき花ありぬぬばたまの夜あかねさす昼

（歌集『帰潮』、昭和二七年・X）

この作品にとって視覚的に意味がある言葉は「あぢさゐの藍のつゆけき花ありぬ」十七音節である。ザッハリッヒカイトな詩（22）ならこれで充分である。これを実句という。これに対して「ぬばたまの夜あかねさす昼」十四音節は虚句と呼ばれる。なぜならば「ぬばたまの」は夜の枕詞であり、「あかねさす」は昼の枕詞であり、夜と昼の名詞をならべただけだからである。膠着語である日本語の名詞は助詞がつかないと文節として自立できない。

だがこの作品は日本語の詩として深く美しい音を響かせている。その秘密は枕詞の深い音響および夜と昼の名詞並列による時間感覚の導入である。読者は藍色の瑞々しい花の印象に加えて夜の暗闇に沈む花と昼のあかるい光に輝く花を同時に思い浮かべることが出来る。「未来」の大辻隆弘氏は佐太郎短歌の特徴を「無意味なものとの遭遇を歌い、世界の深淵を覗く」と抉り出した。大辻氏は正しい。さて詩人はどのように深淵を覗くのだろう。大辻氏はその文学的解答を佐太郎の「生来的な資質」に求めた。私はこの解答に賛成できない。(23)鍵は詩的技術だ。天賦の資質は不要である。そもそも、枕詞には古色蒼然たるひびきがまつわり大正時代以後の日本詩では成功した例が少ない。齋藤茂吉の連作「死に給ふ母」は成功した稀有の例である。しかし今となっては語感がいささか古臭い。

のど赤き玄鳥(つばくらめ)ふたつ屋梁(はり)にゐて足乳根(たらちね)の母は死にたまふなり

（齋藤茂吉『赤光』、一九一三年・大正二年）

一方「ぬばたまの夜あかねさす昼」十四音節の語感は現代においても新鮮である。茂吉の仏教的色彩がなく、実句が紫陽花の花の咲いている情景に限定されていることが新鮮さを保つ理由である。

一九七八年（昭和五十三年）に公刊された佐藤佐太郎『茂吉秀歌』（岩波新書）の二巻は佐太郎がアララギ正統であると宣言する聖典となった。聖典刊行は写生派歌人の血みどろの内部闘争の終焉を告げた。「写生」の思想は拡充され、虚句と実句を含む技術の体系となったのである。

私ははっきりと佐藤先生から聞いた。「齋藤先生にもくだらない歌は沢山ある。でも良い歌はすごく良い」。

「すごい」か、どうかをを決めるのは一体誰なのか。それは天才・佐藤佐太郎である。


春ちかきころ年々のあくがれかゆふべ梢に空の香のあり

（佐藤佐太郎歌集『天眼』）

これは写生か。写生である。「空の香」は虚句である。

六　暗　喩(24)

佐藤先生は直喩の歌人として知られている。

魚などのあぎとふ如く苦しめる君の病をわれは見たりき　（『帰潮』昭和二十二年）

魚は「うお」と読む。如くは「ごとく」と読む。ひらがなで「ごとく」と書かなかったのは直前に「あぎとふ」とひらがながあり視覚上間延びする事を避けるためである。

結社「歩道」の創設時の弟子光橋正起の死を悼む歌である。喘息の手術で死んだと長澤一作から聞いた。悲惨な病状を魚が水面に出て口をあける姿に譬えた巧みな直喩である。

桃の木はいのりの如く葉を垂れて輝く庭にみゆる折ふし　（『帰潮』昭和二十五年）

土屋文明は「いのりの如く」の様な直喩を嫌った。しかし詩はこの直喩の様な意味的飛躍がないと退屈だ。読者は「いのりの如く」の直喩の斬新さに心を奪われ、もはやそれが何の葉か分らない。アララギの麒麟児・佐太郎の面目躍如たる直喩である。

それにも関わらず私は先生の日本文学に対する貢献は独創的暗喩を日本詩に導入した点にあると考えている。この点について言えば齋藤茂吉や北原白秋をしのいでいる。また萩原朔太郎の晩年の象徴詩を越えている。

先生の気力と体力が最も充実していた五十代の作品から暗喩を抽出する。

氷塊のせめぐ隆起は限りなしそこはかとなき青のたつまで

（『冬木』昭和三十七年）

実景としてはオホーツク海から流れて来た氷の塊だけである。では氷海の視界の果てと黒い雲が覆う空が接している周辺が本当に青く見えたのであろうか。私は見えなかったと思う。結句は「そこはかとなき紅（あけ）のたつまで」でも良かったのだ。しかし「あおのたつまで」と「あけのたつまで」と口中で何度も呟けば語感の深さで「あおのたつまで」に軍配が上がる。これは静寂と沈黙の暗喩だ。

佐藤先生の暗喩は「意味とひびき」が相互依存の関係にある。母音が僅か五つしかなく、アクセントが強弱ではなく高低音に依存し、膠着語であるために助詞が煩雑で詩語として不利な日本語の特質を生かして意味とひびきを選択する。

　みるかぎり起伏をもちて善悪の彼方の砂漠ゆふぐれてゆく　　（『冬木』昭和三十九年）

実景としては飛行機の窓から見えたアラビア半島の砂漠だけである。しかし広大な砂漠は人間の存在そのものを否定して続いている。さて「善悪」の対句は中国大陸から輸入した漢語である。なぜ「よしあし」と言わないのだろうか。ここに日本語音感に対する総合的判断が示されている。先ず「きふく」、「ぜんあく」、「さばく」の末尾が全て「く」で音感が重い。一方「みるかぎり」、「もちて」、「かなた」、「ゆふぐれ」は和語系列に属して音感が軽い。即ち、この一首は音感の組み合わせによって三十一音節に意味とひびきの律動をもたらしている。

この一首に「善悪の彼岸のごとき」の直喩を思考実験として挿入してみよう。原典はフリードリッヒ・ニーチェの『善悪の彼岸』（一八八六）である。

善悪の彼岸のごとき光にて眼下の砂漠ゆふぐれてゆく

愚作ではないが独創性に欠ける。世界の深淵を覗いた感覚に読者を追い込むのは「ぜんあくのかなた」という独創的暗喩である。

昭和四十一年十二月、先生は鼻から大量の出血をされた。一時は死を覚悟されたと聞く。以後の先生は、漢詩に親しみ、書画を楽しみ、門人を愛して東洋文人の大道を歩まれた。だが、今なお私が愛するのは独創的技術を駆使した颯爽たる言語の魔術師・佐藤佐太郎である。

みづみづしき運命みえて咲きそむる今年の百日紅のくれなゐ

（『星宿』昭和五十四年）

七　若き佐太郎の悩み(25)

青春の日々、佐藤佐太郎は感覚と言語の葛藤に苦しんだ。自分の感じたことをうまく言語に表現できない。この違和感は青春期に特有のものである。ほとんどの人間は職業を持ち、家族を作ることでこの違和感を忘れる。しかし詩人は生涯この違和感に苦しむ。佐藤先生の場合、師の茂吉や他の「アララギ」の歌人と比べても全ての感覚が異常である。(26)

拳闘を見る青年等は誓(たと)ふれば南洋蜥蜴などを見ても楽しむならむ

（歌集『軽風』・昭和七年の項）

暮方にわが歩み来しかたはらは押し合ひざまに蓮しげりたり

（歌集『歩道』・昭和八年の項）

昨夜(きぞのよ)に泥づきし靴もまづしくてデパアトの屋上にをりし一時

（歌集『歩道』・昭和八年の項）

薄明(はくめい)のわが意識にてきこえくる青杉を焚(た)く音とおもひき

（歌集『歩道』・昭和一[illegible]年の項）

戦前の花形スポーツは何と言っても東京六大学野球である。貴族階級に発するテニスやラグビーも華やかな社交場を形成していた。相撲などは不世出の大横綱双葉山が出るまでは軍人が好む野蛮な競技に過ぎなかった。

そんな時代に場末のスポーツであった拳闘に眼をつける先生は既に奇妙である。現代ならば喜々として深夜のゲーム・センターに行かれたであろう。若き佐太郎は享楽的で破滅的で自由を愛する繊細な青年である。

繊細な感覚を持つ人はその感覚ゆえに苦しむ。拳闘に南洋晰錫の色と匂いと肌触りを連想する視覚と嗅覚と触角を備えた人に日常生活の幸せはない、いわんや衆に優れた知性を備えた青年においてをや。

先生は尋常小学校高等科を優秀な成積で卒業した。しかし貧窮のために中学校へ進むことが出来なかった。当時の秀才ならば誰もが夢見た「一中、一高、帝大」の道を絶たれたのである。「よくぞ社会主義者にならなかったものだ」と嘆息する。

初期詩篇から選んだ四首は、東北の寒村から出て来て、東京に勤務し居住する青年の日常が素材である。だが全ての感覚がどう見ても鋭敏過ぎるのだ。

二首目を見る。蓮葉を「押し合ひざまに」と誰が言うか。あたかも蓮の葉に押されているのは作者自身かと錯覚する表現である。江戸川乱歩の怪奇小説を読んだ気分になる。三首目の語句は悲痛である。「靴もまづしくて」と読んで靴の描写と受け取るのは愚者である。徹夜でいかがわしい町を彷徨した己を悔いているのだ。私は新宿歌舞伎町を一晩中歩き回っていた青春無頼の日にこの歌にめぐり会って「これは俺だ」と叫んだ。四首目には聴覚と嗅覚の混乱が見られる。読者は「焚く音」と読んで杉の香りに連想が及ぶ。

この異常な五感を清潔高貴な日本語の力で押さえ込むためには長い技術の練磨を必要としたのであろう。晩年でも先生は突然不機嫌になって黙り込むことがあった。あれは自分でも抑えようがない感覚だったのだろう。

（1）初出『ハハキギ』二〇一七年（平成二九年）三月号、二八頁。微修正あり。
（2）初出『ハハキギ』二〇一七年（平成二九年）四月号、二六頁。微修正あり。
（3）初出『ハハキギ』二〇一七年（平成二九年）五月号、二三頁。微修正あり。
（4）Johanna Bertha Julie Jenny Marx. 一八一四年―一八八一年。貴族von Westphalen家の娘。兄のFerdinand Otto Wilhelm Henning von Westphalenはプロイセン王国の内務大臣。
（5）初出『ハハキギ』二〇一七年（平成二九年）六月号、二一頁。微修正あり。

（6）一九三六年─二〇〇九年。文芸学の手法により佐藤佐太郎研究を確立した。二松学舎大学学長。

（7）一九三七年生。佐藤佐太郎晩年の秘書。歩道書記の称号を授けられた。歌集『街樹』など。

（8）私が博士論文審査に携わった教育機関は東京大学大学院情報学環とカンタベリー大学（ニュージーランド）大学院計算科学研究科である。

（9）「島小の教育」で著名な教育者斎藤喜博は土屋文明の熱狂的弟子であった。教育界には「キハキスト」と揶揄されるくらいの斎藤信奉者が今でもいる。また、小説家・杉浦民平も土屋文明信奉者である。文明一門の人材は佐太郎一門よりもはるかに層が厚い。

（10）Ambroise Paul Toussaint Jules Valéry. 一九七一年─一九四五年。フランス最高の知性と称された。

（11）Hugo Laurenz August Hofmann von Hofmannsthal. 一八七四年─一九二九年。「薔薇の騎士」脚本執筆。

（12）Romain Rolland. 一八六六年─一九四四年。

（13）Gustave Flaubert. 一八二一年─一八八〇年。

（14）François-Auguste-René Rodin. 一八四〇年─一九一七年。

（15）Johann Christoph Friedrich von Schiller. 一七五九年─一八〇五年。

（16）Wilhelm Christian Ludwig Dilthey. 一八三三年─一九一一年。全盛期の自然科学に対抗して精神科学を提唱。

（17）Johann Wolfgang von Goethe. 一七四九年─一八三二年。

（18）Jean-Marie Guyau. 一八五四年─一八八八年。

（19）一八九四年─一九八三年。マルクス経済学者。大正末期から昭和初期「福本イズム」で一世を風靡した。

(20) 長岡新吉、『日本資本主義論争の群像』一九八四年、ミネルヴァ書房を参照。

(21) 初出『ハハキギ』二〇一七年（平成二九年）七月号、二四頁。微修正あり。

(22) Sachlichkeit. ドイツ語　物的存在のみを示す詩作法。土屋文明の「鶴見臨港鉄道」（歌集『山谷集』、一九三五年）はこの技法の傑作である。

(23) 大辻隆弘、鵜飼康東歌集『断片』（現代短歌社第一歌集文庫）解説、一一一頁を参照。

(24) 本節は以下の論考に加筆と修正を加えたものである。「独創的暗喩」、『短歌』（角川文化振興財団）、第六四巻第八号、二〇一七年（平成二九年）八月号、九〇―九一頁。

(25) 本節は以下の論考に大幅な加筆と修正を加えたものである。「感覚と言語の葛藤」、『短歌』（角川文化振興財団）、第六〇巻第一一号、二〇一三年（平成二五年）一〇月号、一三四頁。

(26) 鈴木一念、中島栄一の感覚も特色があったが、不幸にして大成しなかった。

第二部　基礎理論

Part 2　General Theory

第八章　文語定型詩の破壊力(1)

「当時は歌壇と詩壇が密接に接近して居て（中略）齋藤茂吉等の歌人諸氏が、一方で大いに詩壇の評論をして僕等を導き、且つその雑誌を開放して半ば詩のためにさいてくれた。したがつて当時の歌人は、綜括的に日本の詩歌界をジャーナルする概があり、却つて僕等の詩人よりも世界が広く、堂々として威厳を持つて居た。」

（萩原朔太郎「詩壇に出た頃―処女詩集を出すまで」『日本詩』、第二号、一九三四年（昭和九年）一〇月）

当時とは『月に吠える』発刊の一九一七年（大正六年）のことである。ちなみに『赤光』の発刊は一九一三年（大正二年）である。近代短歌の最高峰と現代詩の源流との深い関りをぼくは知って、しばらく茫々とした思いにひたっていた。

ぼくにとって広い意味での詩、即ち俳句、短歌、現代詩は、ただ生きることへの深い慰めをもたらすものであった。
多くのぼくの友人たちは、それは近頃「全共闘世代」という忌わしい言葉で一纏めにされているが、その青年たちは、たとえ一行の詩を書くこともなかったにせよ、吉本隆明や谷川俊太郎の詩にどれだけ慰められただろうか。実にこの二人こそ、詩壇という狭い枠を越えてぼくたちの甘ったれたしかし切実な情感に語りかけてきたのだ。そして、この二人のはるか彼方にぼくは萩原朔太郎の哲人のような風貌を認めた。

二月酷寒には革命を組織する
何といつても労働者と農民には癲癇もちがいるし
インテリゲンチャには偏執狂がいて
おれたちの革命を支持する

紫色の晴天から雪がふる
雪のなかでおれたちは妻子や恋人と辛い訣れをする

いまは狂者の薄明　狂者の薄暮だ

（吉本隆明「二月革命」抜粋）(2)

同時に、ぼくは佐藤佐太郎の「火の真髄」八首を角川文庫に発見した時の感激を思い起さずにはいられない。とりわけ、冒頭の「平炉より鋳鍋にたぎちゐる炎火の真髄は白きかがやき」を一読してぼくはある宗教的喜びにとらわれたのである。(3)

とくに結句の「火の真髄は白きかがやき」という断言に文語定型詩の破壊力を見た。

ぼくは二年前早稲田の大講堂を埋めた三千人の学友の前でストライキ解除提案を演説した夜を思い出した。「テメエぶっ殺すぞ」と怒号を浴びせられながら三〇分の演説を行う苦痛が身にしみた。僕は、いつしか漢文調で「諸君」と絶叫していた。何千人もの心を動かすには口語では限界がある。必要なのは適切な漢語と洗練された文語だ。

おそらく、日本の文語定型詩は口語自由詩に全く見られない破壊力をもつている。そのようにぼくには思われた。破壊力が何であるか非力なぼくには見当もつかない。ぼくは今蜘蛛のように、敗戦後に生まれたぼくたちの詩についての想いの糸を吐いているにすぎない。

若い文学愛好者の一人として、ぼくは現代詩の旗手たちと佐太郎短歌の世界との間に、絶望的なへだだりを感じる。しかし、一方で、「詩」としてぼくの感覚をゆさぶる共通な響きをも見出した。
それは、作者の手を離れて、作者の主張を越えて（現代詩の旗手が短歌形式を奴隷の韻律と言ったとかどうかということを全く越えてしまって）作品として独立の存在となりえた詩がよく持ちうる力である。
茂吉・朔太郎以後、ぼくは日本の詩の不幸な分離を感じとる。

「現代詩の分野では、ことばの音楽的要素を比較的かるくみる傾向がある。（中略）言葉の表象的要素に重きをおいて（中略）音楽的要素を否定しようとする傾きさえある（中略）ただ吾々はどこまでも『言葉のひびき』というものを生命とするから、『色や光や力』をも『ひびき』の中に籠めようとするのだといつてもいい。」

（佐藤佐太郎『短歌指導』一九六四年（昭和三九年）短歌新聞社、六二頁）

この解答に会い、一方西脇順三郎の絢爛たるイメージの世界を対比させ、ぼくは一応納得した。
しかし、それではこの国の詩の運命は、耳で聞く詩と、目で読む詩の二つの型式に分れたままついに交わることはないのであろうか。それとも、ぼくらは茂吉と朔太郎が激論し交流するような詩的空間をふたたびもちうるのであろうか。

いや、そんな事はどうでも良い事かもしれない。時間のみがすべてを解決し、歴史の神の試練に堪えた優れた作品のみが残るのであろう。神は残酷である。

（1）本章は以下の論考に大幅な加筆と修正を加えたものである。「詩の運命」、『歩道』（歩道短歌会）、一九七二年（昭和四七年）一月号、七四頁。
（2）吉本隆明全著作集1、定本詩集、一九六八年、（昭和四三年）、勁草書房、全三〇四頁。
（3）『佐藤佐太郎歌集』（角川文庫・五二三）一九六九年（昭和四四年）は一九五三年（昭和二八年）版を改定したものである。初版収録の五歌集に加えて、歌集『地表』『群丘』『冬木』が追加されている。連作「火の真髄」は『群丘』に掲載されている。

第九章　岡井隆の衝撃[1]

雨脚のしろき炎に包まれて暁のバス発てり勝ちて還れ

（岡井隆歌集『土地よ、痛みを負え』・一九六一年・昭和三六年）

一九七三年（昭和四八年）八月の暑い日の午後にこの一首に遇った。私は二十七歳になったばかりの大学院生であった。京都市左京区岡崎にあった府立図書館の大閲覧室の机からこの一首がこちらを睨みすえていた。

ルネッサンス様式煉瓦造りの建物は日本最古の公共図書館の名にたがわず冷房もなく、天井からぶらさがった黒い金属の羽根が湿った空気をゆっくりとかきまわしていた。

当時の私は、うかつにも岡井氏を歌人であると認識していなかった。尊敬する吉本隆明と論争して負けた文芸評論家であると思い込んでいた。「へえ、岡井は短歌も作るのか」というのが最初の間抜けな感想である。

歌集を手にとり、第一次日米安保条約改正の政治状況を歌った一連を読み進んでこの一首に突き当たった。愕然とした。

「雨脚のしろき炎」もうまいと思ったが結句で「勝ちて還れ」と断言した点に瞠目した。当時の私は佐藤佐太郎門下の歌人の重圧にあえいでいた。長澤一作の秋霜、川島喜代詩の芳醇、板宮清治の清新、日本文学の正統たるアララギ派短歌を継承し発展させるのはこの三高弟しかない。何をやってもこの三高弟にはかなわない。

こんなことを考えて国立の駅前を歩いていると、経済研究所の教授が声をかけてきた。「鵜飼君、明治学院大学に助手の口があるんだが、あなた行きませんか」。

もはや文学で生きることを諦めて経済学一筋で生きる良い機会である。「少し考える時間をいただけませんか」と応えたものの、引き受けるつもりで京都に帰省した。

たまたま岡崎の橋を渡ると子どものころ足しげく通った図書館が昔とおなじたたずまいで立っている。なつかしく思い入館したのが不運であった。

岡井氏の一連の作品が私の心を激しく掻き立てた。言葉の響きが「歩道」で鍛えられた響きとそっくりなのだ。同時にこれは思想詩だ。アララギ直系の語感をたからかに響かせた現代の思想家がここにいる。

私は「これなら俺にも作れる。いやもっとうまく作れる。」と心中で叫んでいた。九月に大学に戻った私は助手の話を断った。「角川短歌賞に応募する。敵は岡井隆だ」。こう思ったからである。一首も作らぬうちに五十首の題だけがただちに決まった。「テクノクラットのなかに」である。応募作五十首から四首を無作為に抽出する。

石もちて聖者を打ちし群衆のなかにタルソのパウロも居たり

はるかなる星にも風の吹けるかとおもへば夜の心なぎゆく

絶望的管理社会の競争といへどひたすらわれは勝ちたし

卓上の灯のうすらぎて窓外の空気したたるごとき夜明けぞ

修辞は全て佐太郎先生の厳しい訓練の賜物である。

しかし思想詩をもって世に立つ覚悟は岡井氏から学んだ。主題は福音書、無政府主義者ブランキ、政治家ムッソリーニ、経済学者アロー、何でもありだった。数が足りないので日常生活の嘱目詠を約二〇首、三月で作って思想詩の間に適宜挿入した。

一橋大学には当時複写機が数台しかなかった。短歌を清書した原稿用紙の束をかかえて磯野研究館一階の複写機室で機械使用の順番を待っていると、旧知の女性事務員が話しかけて来た。

「あら鵜飼さん、また経済誌に論文を送るの。偉いわね」。[2] 私は慌てて原稿用紙の束を裏返した。一橋大学の文字と校章のマーキュリーの杖が透けて見えていた。

一九七四年（昭和四九年）四月二七日の第二〇回角川短歌賞審査委員会で、私の応募作を強く推薦し、終始一貫して擁護したのは岡井氏と並ぶ前衛短歌の指導者であった塚本邦雄氏である。だが受賞後私は一度も塚本氏に会ったことがない。作品をしばしば詞華集で採り上げていただき師佐太郎と違う歌境に出ようとしていると称揚されたのみである。

三十一年後、二〇〇五年（平成一七年）六月一三日、私は東大阪市内で開催された塚本氏の葬儀に参列し、御霊前に菊の花を贈った。

花輪札には歌人と書かず、関西大学教授と書いた。アレクサンドル・デュマの小説『二十年後』(3)の登場人物銃士隊副隊長ダルタニャンの気分だった。

(1) 本章は以下の論考に大幅な加筆と修正を加えたものである。「勝ちて還れ」、『短歌』(角川学芸出版)、第五四巻第一二号、二〇〇七年(平成一九年)一一月号、一九八頁。

(2) 当時、就職のために書き飛ばした論文は「団体交渉の動学分析」、『一橋論叢』第七一巻第五号、一九七四年五月。「パレート最適の所得再分配」、『経済評論』(日本評論社)、第二三巻第六号、一九七四年六月。

(3) Alexandre Dumas,Vingt ans après, 1845.『三銃士』Les Trois Mousquetaires, 1844の続編。

第一〇章　詩と思想(1)

「紅旗征戎非吾事」（『明月記』）と記した藤原定家（一一六二年―一二四一年）をぼくは軽蔑する。なるほど一切の政治状況から自らの詩を切りはなすのは大変な決意であろう。その犠牲の上に詩人は芸術における自由を獲得した。しかし、その結果、定家の詩は深いひびきを失ってしまった。自らの手によって状況を突き動かす意志を失い、豊かな生命力を失った。どれほど美しかろうとも、現実との緊張関係を失った詩はぼくを慰めない。そして、つねにぼくを揺さぶったのは思想を深く内在した詩であった。

しかし、その一方、いわゆる新聞短歌に多く見受ける反戦歌を、ぼくはもっとはげしく拒絶する。それらはもはや詩ですらない。この人々は詩を自らの思想の伝達手段ぐらいにしか考えていない。

三年前、ぼくは「詩の思想」とは「言ってしまえばそれっきり」の性質を備えていると思つていた。しかし、あらわに思想を歌わないことによつてしかも強い思想を詩にもりこむ方法がある筈だ。願わくば、その思想に敵対する個人をも感動の渦のなかに巻きこみたい。そうだ、味方を鼓舞し、敵を泣かしむる思想詩を作ることはできないものだろうか。これがもつとも初期におけるぼくのぼく自身への要請であった。

勿論、すでに「言つてはならぬ」思想を抱くぼくにとつて、あれこれと特定の思想を云々する文学集団は邪魔以外の何物でもなかった。ぼくが欲していたのは、「その心余りて言葉足らざる」ぼくの詩を、厳しい訓練によって一人前のものにしてくれるMeister即ち師匠であった。

このような態度はぼくが計量経済学を学んで得た経験から来ている。論文を生産するのも短歌を作るのも方法は同じだ。技術として処理できるところは徹底的に技術として処理する。技術の習得は完全に一対一の訓練によつて行なわれる。誤りは容赦なく葬り去られる。しかし、前提についてその正否を問うのは無駄である。そこではただ、数学的結論が現実にどれだけの妥当性をもつて通用するかを見るだけである。

この方法は極端な技術主義からも、極端な神秘主義からも個人を自由にする。

さて、ひとたび師匠として選んだ以上ぼくは佐藤佐太郎の技術と選歌に全幅の信頼を置いていた。そして、その結果、二つのことに気がついた。この二つの発見がぼくを「詩と思想」についての混迷に突き落したのである。

最初にぼくが気づいたのは、「アララギ」から「歩道」に受けつがれた「写生派短歌」の詩的技術の目もくらむ豊かさであった。実に「写生派短歌」こそ営々として伝統詩に新しい領域を切り開いて来たのである。「写生派短歌」に投げつけられた悪罵はものの数ではない。敵は何も生産しなかったのだ。

例えば、五句三十一音の相互連携に関して写生派ほど神経をはらう人々はない。そこに茂吉、佐太郎の歌の音のうねりが生まれる。そして、近藤芳美の歌を彼の亜流から峻別している。モダニズム派のなかで塚本邦雄のみは時にこの急所を把むが、彼の多くの失敗作を見ればまぐれ当りの感を抱かせる。

さらに、詩に強いリズムを与える主観語の使用、極度に洗錬された言語感覚、造語、等々写生派の詩的技術の遺産は無数にある。ぼくは夢中になってこれを摂取し、今なお学びつつある。

第二に、ぼくは詩人というまことに厄介な人間を初めて見たのである。佐藤佐太郎は生得の詩人である。それが彼を「写生派」の末流の退屈な歌からはつきりと区別している理由である。初期のころからそれは明らかだ。

はなやかに轟くごとき夕焼はしばらくすれば遠くなりたり

（『歩道』一九四〇年（昭和一五年））

誰でも夕焼を見る。生きているうちには一万回以上見る。それを写生しようとして佐太郎は「轟くごとき」の直喩を思いついたのか。そうではない、夕焼と同時に佐太郎はこの直喩が出た。見ると同時に言葉が出た。そのようにぼくには思えてならない。もっと初期に逆上ろう。

山なかの旅の宿（やどり）にあやしみて砂澱む風呂に吾はつかりぬ

（『軽風』一九四二年（昭和一七年）・但し一九二八年作）

砂の澱む風呂が何があやしいか、と言ってしまえばそれまでである。何でもないものに驚くのは詩人だ。それを常識人は笑う。しかし笑つた時、彼は詩の秘密から一歩遠ざかる。

こういう感受性の問題は実に厄介である。何故なら、理性の勝った人間には遂に処理しきれない問題となるからである。

ぼくは岡井隆氏の沈黙を思って同情を禁じ得なかった。詩的技術について深い関心を抱いているこの「アララギ」の革命児の初期歌集『斉唱』と、近藤芳美氏の初期歌集『早春歌』を比べると、青年岡井がその抒情の純粋さにおいて青年近藤に劣ることは明らかである。

ほしいままに生きしジュリアンソレルを憎みしは吾が体質の故もあるべし

（『早春歌』）

吹き流るる霧も見えなくなり行きて吾らのうしろにランプ消されぬ

（『早春歌』）

囚われのメヒコは来ぬと呼ぶ声のはげし耳慣れぬ清きをまじえ

（『斉唱』）

愛恋と昨夜は知りて別れしを何故まどう此処に来てまで

（『斉唱』）

短歌に内在する思想を支える二本の柱は、詩的技術と生得の詩人としての感受性だ。しかし、岡井氏にとり後者は十分であったと言えるだろうか。詩は感動から生まれると言ってしまえば簡単だが、問題とすべきはその感動の質ではないか。してみれば、長澤一作がぼくの歌を添削しながら「三流の小説のようだ」とか、「前衛の連中でももっと気のきいた言い方をする」とか言ったのは、ぼくの感動の質そのものを難じたのである。

このころから、ぼくは作者の思想、その思想を支えるべき詩人としての感受性、それを純粋な形で抽出する詩的技術、の三者が決して単純に並列されるべきものでないことに気がついた。三者は密接にからみ合つているのであり、どのひとつの変化も他のふたつへの影響なしには考えられない。のみならず、この詩的均衡はつねにダイナミックに変化する。

この発見は、分ってしまえば何でもないことかもしれない。しかし、ぼくは愚かにもショックを受けたのである。長澤一作の「めし粒をこぼしつつ食ふこの幼貧の心をやがて知るべし」（『松心火』）にはほとんど思想の影はない。しかし、「曇りたる冬の街上に魚屋をり鯖もはらわたもああ鮮やけし」（『條雲』）にははっきりと能動的ニヒリズの響きがある。しかも、後者の方が文句なく優れた歌なのである。長澤一作をここまで引っ張って来たのは「写生派短歌」の技術ではないか、こう考えてぼくはひやりとした。

作歌の訓練は感動の質を変え、作者の思想を変える。してみれば、自分の思想もまた変って行くであろう。かつてぼくが嫌悪した思想に落ちて行かないという保証がどこにあるか。人間が有限であり、自然が不滅であるという、日本の、いや東洋の大詩人たちがひとしなみに抱く陳腐な世界観に。それは絶対に嫌だ。人間は滅びない。

ここでぼくの思考は停滞する。二進も三進も行かなくなる。

分っていることは次のことである。「写生派」の技術に頼り、詩的真実を追求して行けば、必ずその短歌は、高い倫理性をおび、思想の影がきわめて濃くなってゆく。

分らないことは、このような技術的訓練のなかに、すでに一定の思想、即ち受動的もしくは能動的ニヒリズムへの誘導があるのか、それともないのかということである。

もちろん、すべては「やってみなくちゃ分からない」のである。驚異の天才歌人が出現すれば、全く新しい歌が作られれば、この疑問そのものが成立しなくなる。そしてぼくの努力はその方向に向かうだろう。しかし、このあたりが、「詩と思想」についてのぼくの最初の関門であることは間違いない。

関門はあといくつあるのか。いくつあろうとも、勇気を振り絞って、ひとつひとつ乗り越えてゆくだけである。

（1）本章は以下の論考に加筆と修正を加えたものである。「詩と思想――第一の関門」、『歩道』（歩道短歌会）、一九七四年（昭和四九年）四月号、八六――八七頁。

第一一章　新写実主義の基本戦略[1]

――篠弘氏提言についての覚書――

一九七八年（昭和五三年）に入って篠弘氏は短歌におけるリアリズムについて注目すべき二編の論文を発表した。すなわち、「現代のリアリズム―歌うべき生活の創造」（『短歌現代』一月号）および「リアリズムの苦悩―限定による活性化」（『短歌』一月号）である。

この覚書の目的は、新写実主義の立場から篠氏の論文のはらんでいるいくつかの問題点を指摘するとともに、その基本戦略を示しておくことにある。ここで言う新写実主義とは前衛短歌が理論構築をほぼ終息させた一九七〇年以降にジャーナリズムに登場し、かつ一貫して前衛短歌の技術論を否定してきた私の様な歌人に対して仮に与えた名称であって、便宜的に用いられているに過ぎない。

具体的作者としては室積純夫[2]、秋葉四郎を中心とする「青の会」の人々を想定している。

この人々にとっては、前衛短歌はすでに歴史的事実として受けとめられていたので、旧来の写実主義短歌および前衛短歌の双方を醒めた眼によって冷静に比較検討することができた。したがって、彼等は、歌人としての出発に際して、自覚的に写実的技術を選択したという新しい特徴を持っている。

天寒き屋上園に葉牡丹の力ある葉に風ひかりゐつ　（室積純夫）

両の手を垂れて液体のごとき吾か夜半に明るき小園にをり　（秋葉四郎）

American Citizen といふ一句にてこの煮えたぎるカオスを統ぶる　（鵜飼康東）

もっとも、私見によれば、成瀬有、大河原惇行、大谷雅彦、栗木京子らを新写実主義に加えることも可能である。現在、彼等は、さまざまな主張をかかげる集団に属し、さまざまな指導者を仰いでいる。しかし、成瀬には佐藤佐太郎氏の、大谷には島木赤彦、土田耕平の、栗木には尾崎左永子氏の作品の強い影響が見られることも事実であって、それはあたかも宮柊二氏における齋藤茂吉の影響を思わせるものがある。また、大河原には、土屋文明の呪縛を脱出しようとする激しい覇気が感じられる。これらの人々が、内外から写実主義を変革しうる何らかの可能性を持っているというのが私の直観である。

たとえ写実主義を掲げる結社に属そうとも古色蒼然たる作品、もしくは覇気乏しき作品しか生みだしえぬ歌人に未来はない。私は、几百の写実的作品よりも彼等の作品のなかにひそむポエジー（詩想）を激励したい。

あらあらと夕かげりくる眼さきをまどかに光満たし鶏過ぐ　（成瀬有）

夕べしばし落葉松林に光流れわが寒くゐて病む子を思ふ　（大河原惇行）

樹のあひに人のよびかふこゑのして仄か明るき檜原の夕べ　（大谷雅彦）

茎長き花の吐く息青く揺れ小公園は夜を迎へむ　（栗木京子）

稲垣良典氏によれば中世のスコラ学者たちは自分の考えをのべる際に、まず反対論をそのもとの形よりはより論理的で、説得的なものとして再現した上で、これと対決したとのことである。[3]

私も、少年の日に私に論理と討論の哲学を伝授してくれた村田源次神父[4]に敬意を表して、この方法をとりたいと思う。

したがって、私は、この覚書の最初の部分で篠氏の論文を要約しているけれども、その場合できるだけ篠氏の真意をそこなうことがないように努めたつもりである。もし万一私の要約に間違いがあるとすれば、私の悪意によるものでなく、能力の不足によるものであることを明記しておきたい。何故ならば、かねてから私は、私の属する写実主義陣営の歌論が独善に流れる傾向にあることを苦々しく思ってきたからである。

さて、篠氏は、第一論文において、通常前衛短歌がリアリズムに対する反逆であると単純に理解されていることは誤りであると主張している。何故ならば、前衛短歌は十九世紀的な写実主義に対して反逆したのであって、「真に」リアリズムを回復しようとすることはその課題のひとつであったからである。

したがって、篠氏は、昭和四十年代に多くの短歌作品が「微視的観念の小世界」に落ちこんだのは前衛短歌の責任ではない、と考え、現代日本の直面している社会状況にその原因を求める。

同時に、篠氏は、三十代歌人たちが「生活実惑をはらんだ現代の生活詠の創造」を目指すことによって、現代短歌の出発点であった前衛短歌の全面的否定に走ることを強く恐れている。

その結果、篠氏は、「生活詠創造への意欲」を自己が正しいと思う方向へ誘導することを欲したようである。氏は、今日の生活詠の代表として、伊藤一彦氏、三枝昂之氏の作品を強く推薦する一方、萩原千也氏の作品に対してはその清潔な惑性に讃意を表しつつも警戒的な意見を述べざるをえない。

文芸理論家の見果てぬ夢は自己の理論を理想的に実践した作品に巡り会うことである。経済理論家として私は篠氏に共感する。

だが篠氏の理論的要求は高い。氏は、伊藤氏や三枝氏を叱咤激励する。すなわち、自然主義リアリズムの反動に抗しつつ現代において希求されているリアリズムの実現のためには、自らの生活をそっくり歌うのではなくて、「歌うべき生活」を見出す必要があると提言して第一論文を締めくくっている。

次に、第二論文において、篠氏は、昭和四十年代に入る直前、近藤芳美氏が、当時の歴史的状況が個々人の孤独を増幅させる傾向にあったことを原因として、短歌作品が内面化し、かつ観念化してゆくことを危惧していたことを述べ、近藤氏の予言が適中したことを痛苦をもって回顧している。

したがって篠氏は、「いわゆる本卦還りなどするんじゃなくて、わたしさえ考えるのは、もっと目の覚めるような新しいリアリズムの可能性なんですよ」という塚本邦雄氏の発言を受け、日常的な生活詠の泥沼にはまり込むことを強く戒めた上で、新しいリアリズムの可能性を探ろうとするのである。

その第一の提言は、「肉体としての日常感覚」を発見することである。具体的な例として、岡井隆・高野公彦・石川不二子・玉井清弘・永田和宏・志垣澄幸・佐佐木幸綱の各氏の近作をあげている。

さらに、第二の提言は、「個の精神史」を究明することである。この具体例としては、島田修二・前登志夫・岡野弘彦・小野興二郎・成瀬有・武川忠一・田井安曇の各氏の近作をあげている。

最後に、篠氏は、菱川善夫氏の「ロマンの創造」および武川忠一氏の「存在主義」という提言がいずれも自然主義リアリズムへの復帰を拒否していることに賛同する。しかし、新しいリアリズムへの具体的な方法はたやすく見えて来るものではないと悲観的結論を出して第二論文は終る。技術は実作者が実践的苦闘の末に発見する帰納的なものであり、理論家の演繹からくるものではない。短歌実作者として私は篠氏の結論を痛ましく思う。

ところで、この篠第一論文に対して、大河原惇行氏がいくつかの疑問を提出している。(5) 最初に大河原氏は篠氏独特の「現代短歌」の定義について苦情を言っている。しかし、これは、篠氏が昭和三十年代から一貫して主張して来た文学史観にもとづく定義なのであるから、大河原氏の苦言は篠氏に勉強不足に見えるであろう。もちろん、篠史観によれば佐藤佐太郎氏も宮柊二氏も現代歌人には属さない。両氏は保守頑迷の歌人である。私見ではこれはさして重要な問題ではない。機能主義的な言語観をもつ私には、分類の問題は瑣末事である。問題は「分類によってどんな定理が発見されるか」である。

しかしながら、大河原氏は非常に重要な指摘を後半部分において行なっている。すなわち、彼は、篠第一論文の「論旨がいかに手際よくても、妙な感じをいだかざるを得ない」と述べ、かつ、伊藤一彦氏の作品に対して、「この作品のどこに生活があり、いかに生活が歌われているのか」と、伊藤作品を生活詠として推す篠氏の主張に反発している。

大河原氏は篠氏のように博識ではないので口ごもりがちに咽訥として語る。しかし、それは、大河原氏が語学や数学に長じていなかったり、篠氏のようにジャーナリズムの世界に生きていないというだけの理由にすぎないのであって、彼の直観は、篠論文の弱点をよく衝いているのである。

篠氏の二つの論文は、現歌壇に登場しているほとんどの作家の最近作を、リアリズムというテクニカル・タームによって裁断していることが明らかである。私は、氏の長所は百科全書的頭脳の持主であることであり、同時に短所もまたそれであると痛感した。篠氏は、膨大な作品を、分類し、整理するけれども、体系化しない。氏は、自分は体系化していると思っているかもしれない。しかし、篠氏は、「何でも説明できる理論は、実は何も説明していないのである」という、社会科学の基本認識について無知である。理論には説明すべき対象があり、対象は限定されているのだ。したがって、すべての理論には限界がある。カール・マルクスの理論もジョン・メイナード・ケインズの理論も例外ではない。

さて、今、篠氏の二つの論文の観点を発展させてゆくと、現歌壇において写実派を自称する作家の大部分は、自然主義リアリズムに固執する反動分子ということになる。たとえば、前記二論文において引用されていない作者として、清水房雄・長澤一作・川島喜代詩の各氏を想い浮べることができる。

もっとも、篠氏は、注意深く「反動分子」などという刺激的言辞を弄していない。しかし、それは、氏が温厚でかつ争いを好まぬ紳士であるからに過ぎない。したがって、篠氏の眼中には、現歌壇は、「古いリアリスト」と「新しいリアリスト」しか存在せず、滅びゆく少数民族として、「微視的観念の小世界」に留まる人々が存在するのであろう。

篠氏の二論文を読み終えて、私は、「それでは前衛短歌運動というのは一体何だったのだろうか」という基本的疑問に突き動かされた。リアリズムを激しく攻撃し、論理的整合性を誇った塚本美学や、博引芳証の岡井歌学は、一体どこに消し飛んでしまったのであろうか。

私はつねに前衛短歌を敵視して来た。しかし、彼等の主張が首尾一貫した体系から出ていたことを認めていた。人間が人間の思っているほど理性的存在でないのならば、詩的な象徴技法は有効なのだ。ジークムント・フロイトの夢の分析は象徴詩を支持する。

前衛短歌は、反リアリズムの旗を高々とかかげて旧勢力と争い、そして旧勢力を打倒したと主張して来たのではなかったか。

私は、塚本批判と岡井批判を体系化する仕事を自分の任務と考えてきた。しかし、最近の両氏の短歌理論は微妙に変化しているのではないだろうか。彼等は、じりじりと後退しつつある。私は、両氏の聡明さをみじんも疑うものではない。だが、両氏は、そのあり余る聡明さのゆえに、新左翼から徹底的に憎悪された清水幾太郎氏(6)の政治的変遷を想起する必要があるのではないだろうか。人はその聡明さのゆえに滅ぶのである。

もし、前衛短歌が、リアリズムを内包していたという篠氏の見解が、塚本氏と岡井氏の現在の見解に近いとすれば、私は、一九七〇年以前の、プロト塚本とプロト岡井の歌論を忠実に発展させることによって、現在の両氏の理論と実作を徹底的に爆撃粉砕することは可能であると考えている。すなわち、「新前衛」の誕生である。

既に明らかなように、私は主として塚本氏と岡井氏によって試みられたリアリズム批判に大きな意義を認める立場である。たとえば、齋藤茂吉を、純粋の象徴派詩人として評価し直そうという塚本氏の業績は独創的なものである。

しかし、前衛短歌の不幸は、その理論体系に対する徹底した批判者を持ちえなかったことにあった。否、むしろ、塚本氏と岡井氏の理論が、批判に向って開かれていず、内在的批判を許容しない型で深化していったことにあった。したがって、昭和四十年代に入っての「微視的観念の小世界」は、前衛短歌が、政治的圧力を失なったから現出したのではない。ましてや、近藤芳美氏が言うように、社会状勢が、自己疎外を押し進めたからでもない。ジャーナリズムの動向とか、社会情勢によって衰弱してゆくような人格は、詩人の名に値しない。こういうことを言っても篠氏には恐らく理解されないであろう。氏は明晰な評論家であるけれども、天才詩人ではないからである。

それでは、一体、昭和四十年代の「微視的観念の小世界」の作品群は何によってもたらされたか。私は、断言する。あれらの作品群は、前衛短歌の継承者たちが、自己の方法によって自家中毒にかかったことによる帰結なのである。試みに見よ。角川の新鋭歌人叢書に拠る八名の歌人たちの大部分が、プロト岡井とプロト塚本の圧倒的な影響下にあることは明らかではないか。彼等は、現在の塚本氏の作品や岡井氏の作品を批判することすらできぬひ弱な二代目に過ぎない。

前衛短歌が塚本氏と岡井氏を越える作品を生み出すことができなかったという文学的蹉跌に比べれば、短歌ジャーナリズムに発生した「前衛狩り」など問題にもならない。くり返して言う。外的条件によって衰弱する文学運動などというものはそもそも文学運動の名に価しないのだ。

ここにおいて、篠論文に対する私の第一の疑問は、漸く明らかとなった。私の主張は、「前衛短歌運動は内的な理由によって衰弱した。その理由は塚本氏の衰弱と岡井氏の転向である」ということに尽きる。

プロト塚本とプロト岡井が全面的に否認されることによって、前衛短歌の継承者たちは初めて自己の方法への深刻な反省を迫られるであろう。この反省を、私は「新写実主義」と呼ぶに過ぎないのである。

逆説的に言えば、前衛短歌がふたたび運動としてよみがえるためには、それは一度埋葬されなければならない。前衛短歌がたとえリアリズムと密通しようとしても、そしてこれこそ篠氏の目的であるけれども、それは篠氏の期待を裏切って、古色蒼然たる十九世紀自然主義リアリズムをますますはびこらせる結果に終るであろう。

その理由はきわめて簡単である。篠氏の二つの論文において引用されている作者群の多くは、プロト塚本とプロト岡井の語彙や感性の強い影響下にあるので、厳格なリアリズム短歌の訓練を受けた古強者に比して見劣りがするからである。私は、写実派きっての技巧派川島喜代詩あたりに芸術的に蹴落される運命にあるこの人々をはなはだ気の毒に思う。

ここにおいて篠論文に対する私の第二の疑問が発生する。それは、篠氏がリアリストとして引用した実作者たちの多く、特に、若い世代は、自分がリアリストと呼ばれることを拒否するのではないか、という疑問である。例えば三枝昂之氏、永田和宏氏、河野裕子氏らは一体どの面さげて今さらリアリストと称することができるのであろうか。少なくとも現代歌人集会で話し合ったかぎりでは、彼等は、プロト塚本とプロト岡井への深い敬愛の念を抱いている。したがって、彼等が、最近の塚本氏と岡井氏の作品に苦々しい思いをしていることも推察できるのである。彼等の目指しているものは、明らかに、新にせよ旧にせよリアリズムの対極に位置するもので、むしろ、「新前衛」もしくは「第二次前衛」と呼ぶべきロマンチックでかつ象徴詩的作品なのである。

さて、もしも篠氏が、リアリズムを、「作品に内在する迫力」と同義語にとらえているとすれば、氏は根本的に間違っている。

何故ならば、リアリズムの運動は、過去においても現在においても、言語に対する強い嗜好と価値判断に基づいているのであり、表現の技法に関する運動だったからである。

したがって、私は、たとえば河野裕子氏の作品にある種のリアリティを認めるにやぶさかではないけれども、氏の作品をリアリズムに属するものとは全く考えないのである。河野氏と私の技術には天地の開きがあり、その言語感覚はとても同じ人間とは思えぬ。

私は、篠氏が塚本邦雄氏の提言にまどわされず、「前衛短歌」の内部から起った新しい芽を仮に「新前衛」とでも呼び、象徴的手法とロマンチックな文学観に基づいて、いくつかの傾向に分類すれば、非常に実りのある文業を達成できるのではないかと考えている。私の手元に送られてくる数多くの短歌雑誌のなかには明らかにプロト塚本とプロト岡井から発生し、しかも独自の個性を開いている作品がいくつか存在する。

例えば、塚本氏の近詠を「虚しい空中楼閣である」と断定する松平盟子氏は、変にリアリズムに接近せず、塚本作品を研究してこれを越えるべく努力することが期待される。

第三に、私は、篠第一論文における「歌うべき生活の創造」という提言に、深い疑問の念を抱く。篠氏と同じく、私は、リアリズムを日常生活詠と同一に解釈する立場に対して真向から反対するものである。しかし、篠氏のこの提言の根底にある生活観が、詩人として脆弱なものであることを直観している。

あらゆることに興味を抱く強い好奇心を持った人間がよく詩人として大成しうるのである。正岡子規は病人であり、その肉体は衰えていったかもしれないけれど、彼の日常のあらゆるものを追求する旺盛な好奇心はついに衰えることがなかった。一方、子規の強靱さが面白くなかったらしい北原白秋は、ついに国民詩人とはなりえなかった。白秋には、子規が田夫野人に見えたであろう。彼にとって詩は、生活を越えたもっと高尚なものだったのであろう。そして、その根底に、平均的人間の生き方に対する激しい侮蔑の念があると言っては、言い過ぎであろうか。

あらゆることに興味を抱く詩人にとって、生活はすべて歌うべきものであり、また歌いうるものである。民衆はそういう詩人を愛する。篠氏は、つとに民衆短歌の提唱者として知られている。しかし、その篠氏が、「歌うべき生活の創造」と表現したとき、私には、氏の意識構造が分るような気がした。

「歌うべき生活」がある以上、篠氏には、「歌うべきでない生活」が把握されているのであろう。こういう意識構造の持主にとって民衆短歌というのは一片のプロパガンダを越えるものではない。

我々には、「歌うべき生活」もなく「歌われざるべき生活」もない。我々の前には膨大な生活の事実の集積があり、その前に舌なめずりをしている強靭な詩人の精神と技術があるべきなのだ。象徴派であろうと写実派であろうとこの要請に変りはない。

かつて私は、「旧プロレタリア歌人達は、ついによい歌を残さなかった」と書いた岩田正氏に痛ましい思いを抱いた。おそらく篠氏はこの岩田氏の言葉にこめられている深い悲しみを共有するにいたるであろう。

たとえて言えば、ファシストであったダヌンツィオと、ソーシャリストであったネルーダの詩に共通しているポエジー（詩想）を感得しうる能力だけが、リアリズムに新しい地平を切り開くのである。かつて、齋藤茂吉の戦時詠を攻撃した批評家はついにその作品群が民族の叙事詩として生き残る秘密が理解できない。私の眼には、反戦詠であれ、好戦詠であれ、つまらぬ歌と、よい歌があり、膨大な戦時詠の愚作のなかで、茂吉の作品が空恐ろしい迫力をもって迫ってくるだけである。写実派内部においても、終始日中戦争に批判的であった土屋文明とその弟子の歌人たちの方が茂吉にだし抜かれていることに呆然とするのは私だけであろうか。

第四に、篠第二論文の二つの提言に対しての疑問がある。篠氏が新しいリアリズムの二つの方向としてあげている「肉体としての日常感覚」および「個の精神史の究明」というテーマは、すでに旧来の自然主義リアリズムの作家たちによって、非常に高い水準において果されているので、篠氏が引用している作品が旧来のリアリズムの基礎訓練を受けた私の眼から見て、非常に古くさい感じを与えるのである。

ほのぼのと清き眉根も歎きつつわれに言問ふとはの言問　（齋藤茂吉）

戦ひはそこにあるかとおもふまで悲し曇のはての夕焼　　（佐藤佐太郎）

したがって、篠氏が引用している岡井氏の「歳月はさぶしき乳を頒てども復た春は来ぬ花をかかげて」という歌は、旧写実派の眼から見て拍子抜けするほど低レヴェルなのである。しかし、「列島のすべての井戸は凍らんとして歌いおりふかき井戸から」というプロト岡井の歌は、旧写実派の眼から見ても作者の呼吸が伝ってくる秀作なのである。

かつて私は、『岡井隆全歌集』を読んで、岡井氏が世上言われているように「アララギ」の優等生ではなかったことを直観した。岡井氏の詩精神は観念的なものに向うとき激しく羽ばたくのである。そこに氏が佐藤佐太郎に引きつけられず、むしろ柴生田稔氏、近藤芳美氏に引きつけられた理由が存在する。氏が、近藤短歌を飛びこえてさらに観念的な詠風に突き進んだことは、むしろ氏にとって祝すべきことであり、短歌の歴史にとっても幸いであった。かつて岡井氏の明晰で力強い歌論を「敵ながら天晴れ」と溜息をついて読んだ私としては、氏が現在非常な無理をしているように思えてならないのである。

以上で、篠論文に対する四つの問題点が明らかとなった。私はできるだけ客観的に、自己の立場をつねに鮮明にして行論を進めたつもりであるけれども、おそらく独断による多くの誤謬が存在することであろう。篠氏の御意見を伺いたいものである。

最後に、さしあたって新写実主義短歌がどのような理論的課題を背負っているかについて簡単に述べておきたい。今、私が思いつくのは次の七つの戦略である。

一　土屋文明の「生活即文学」という主張の批判およびその作品の再評価
二　佐藤佐太郎と新古今集との関係についての検討
三　近藤芳美の歌論の批判と初期二歌集の再評価
四　塚本邦雄の歌論の否定と彼の作品の再評価（写実派による「塚本邦雄論」の執筆）
五　岡井隆の歌論の否定と彼の作品の再評価（特に彼の二度にわたる転向について）
六　日米開戦以後五年間の短歌作品についての文学的評価の再検討
七　北原白秋の周辺にいた歌人たちへの写実主義の浸透過程の追跡

以上である。このような戦略を実行するためには、いくつかの外国語を理解する能力、政治経済学の正確な知見、および科学技術の最先端での実務経験が必要となろう。篠氏のような百科全書的頭脳を持ち、大河原氏のような高い作歌技術を体化した新しい人格の登場によって戦略は実行可能となるのである。

（1）本章は以下の論考に大幅な加筆・修正を加えたものである。「新写実主義の基本戦略―篠弘氏提言についての覚書―」、『短歌』（角川書店）、第二五巻第六号、一九七八年（昭和五三年）六月号、二四六―二五二頁。
（2）一九四五年（昭和二〇年）―一九八九年（平成元年）。「歩道」所属。歌集『高架路』など。
（3）稲垣良典『現代カトリシズムの思想』岩波書店（岩波新書）、一九七一年。
（4）一九一六年―二〇〇七年。一九七二年―一九八八年にヴィアトール学園洛星中・高校第四代校長を勤む。キリスト教社会哲学を講義。
（5）『短歌』（角川書店）、第二五巻第四号、昭和五三年三月号。
（6）（しみず いくたろう）一九〇七年―一九八八年。昭和後期日本の代表的社会学者。『清水幾太郎著作集』（講談社、一九九二年―一九九三年）。

第一二章　象徴主義短歌の敗北　――篠弘氏に――[1]

作家の悲劇とは、政治と文学を背反的にとらえることでも、敗北的な姿勢で悲歌をうたうことでもない。大義名分とマニフェストの下で、下手な作家と呼ばれつつ悶死することだ。

（塚本邦雄、「ミノタウロスの微笑―佐佐木幸綱論―」）[2]

一　はじめに

篠さん、貴方の二つの論文、「リアリズムの基底―独創性の尊重」（『短歌』一九七八年（昭和五三年）八月号）および「戦後短歌と現代」（『短歌研究』一九七八年（昭和五三年）八月号）を拝読しました。その中で、私の論文「新写実主義の基本戦略」（『短歌』一九七八年

（昭和五三年）六月号）に対して反論もしくは疑問を提出しておられる箇所がありますので、なるべく簡潔にお答えしたいと思います。

なお、私には、先の論文の応用編ともいうべき二つの時評「塚本邦雄の近業」（『短歌研究』一九七八年（昭和五三年）八月号）および「土屋文明の孤独」（『短歌研究』一九七八年（昭和五三年）九月号）がありますので、そちらの方も併せて御一読いただければ私の考えが一層よくお分かりいただけるものと存じます。

議論に入る前に、論争におけるルールについて一言述べておきたいと思います。お互いに、感情的にならないことが大切です。私は学者として、ある主題について討論することに慣れています。しかし、貴方は実人生でピラミッド型社会の権威主義的論法しか身につけておられない。日本を含む東アジア諸国では、社会的ランキングの下の者が上の者を追いつめることは相手の面子を潰すことになります。かくして議論に負けそうになると、老人や社会的地位の高い方は逆上してわめきちらす醜態をさらします。しかし、私の信念では、議論に負けることは自己の全人格を否定されることではありません。それは神の叡智に照らされて自分が真に何を考えていたのかについて悟ることです。だからこそ英米では手痛い質問に対してGood question! Thank You. I never thougt that. と返すのです。

もちろん、私も、貴方の仰ることが正しいと思えば、過ちを率直に認めることにやぶさかではありません。ご安心ください。われわれは文芸という道を同じくする同志です。論争は紳士のゲームです。その楽しさを私は中学校で知りました。狭い暗い部屋で「ティヤール・ド・シャルダン[3]は正しいのか」とか、「神を信じる人に真の自由はあるのか」という命題を、神学校を出たばかりの若い神父たちと夢中になって議論した日々の楽しさが、今、私にこの文章を書かせている源動力なのです。

さて、ゲームを開始しましょう。なるべくお互いに有益な結論が出れば良いのですが。

二　四つの問題点と篠氏の回答

私の「新写実主義の基本戦略」について、竹田善四郎氏が、『短歌』（角川書店）八月号の時評欄で要領よくまとめておられるので、これを借用させていただきます。私は、貴方に四つの問題点を提出いたしました。

①「微視的観念の小世界」の作品群は、「前衛短歌の継承者たちが、自己の方法によって

自家中毒にかかったことによる帰結」ではないか。

②篠氏がリアリストだとする実作者、とくに若い世代はその名を拒否し、「新前衛」を名乗って「前衛短歌」を越えるべきだ。

③強靱な詩人の精神と技術の要諦のまえに、「歌うべき生活」も「歌われざるべき生活」もありはしない。

④「肉体としての日常感覚」と「個の精神史の究明」の二つのテーマは、すでに旧来の自然主義リアリズムの作家たちが、高い水準で果している。

これに対する貴方の御回答は、私の要約によれば以下の三点です。

⑤「微視的観念の小世界」は昭和四十年代のすべての歌人の作品群に見られる。何故ならば、いかなる立場の歌人といえども、歴史の動向に逆らいきれなかったからである。したがって、①に反対。

⑥「前衛短歌」の流れをひく若い世代が、影響を受けた塚本邦雄氏や岡井隆氏を批判できないとすれば、ひ弱な二代目にすぎない。したがって、②に賛成。ただし、現状認

識については判断保留。

⑦作品の評価を決定するのは、そこにあらわれた内容と思想である。そのために、フレッシュな取材とか、ユニークな着眼点が要求される。何故ならば、類型的な生活を歌うだけでは、空穂系歌誌に充満していた日常詠や、昭和二十年代の土屋文明選歌欄のつまらなさに戻るだけである。したがって、③に反対。

さらに、貴方は、非常に興味深い短歌史観を持っておられ、これは、私と正反対の立場に属するので次の二点を追加いたします。

⑧昭和三十年代における現代派の「反写実」にしても、在来の写実的手法の克服を求めるものであり、なんらリアリズムを否定したりはしていない。

⑨リアリズムを「写実的手法」および「言語に対する嗜好」だとする「アララギ」の昭和二十年前半までの主張は間違っている。

大体こんなところでよろしいかと思います。私が提出した④の疑問点については、貴方は完全に無視しておられますので、私の言うことが正しかったと万人が認めるでしょう。それでは本論に入ります。

三　芸術的強者の論理と芸術的弱者の論理

篠さん、貴方が、昭和四十年代のすべての歌人の作品は内向的になり観念的になったと考えておられるときの、すべての歌人とは誰と誰でしょうか。貴方はせいぜい宮柊二氏、近藤芳美氏あたりから、三枝昻之氏、河野裕子氏までを指しているに過ぎません。視野が狭いのです。マイナー・ポエットばかりいじくって何になるのでしょう。貴方が、いやしくもリアリストを自称する以上、土屋文明氏と佐藤佐太郎氏の現状をどのように評価するかという問題を避けて通ることはできません。何故ならば、この二人こそ、貴方の言う「歌壇の動向」に逆らって、傲然と他の歌人を見下し、外向的かつ具体的な詩作品を発表し続けてきた、巨人に他ならないからです。それは、自然主義小説の全盛時代に文壇を睥睨し、白樺派や新思潮派に大きな影響を与えた森鷗外と夏目漱石に比肩すべき存在です。

下り立てる岩には生ふるなく活けるなし早き海潮の削り鋭く　（土屋文明『続々青南集』）

ペチュニャは秋庭に雲のゐるごとし花ゆゑ色の軟かにして　（佐藤佐太郎『開冬』）

文明の「生ふるなく活けるなし」という語気の異常な鋭さや、佐太郎の「雲のゐるごとし」という悠々たるひびきに対して、「微視的観念の小世界」と、貴方が断言されるとすれば、私は貴方の蛮勇に拍手を惜しむものではありません。その代り、貴方は鑑識に欠けた馬鹿な評論家として、歴史の渦の中に消えてゆくでしょう。評論家は生き残るために傑作を逃してはいけないのです。私は貴方の名を惜しむ者です。

さて、篠さん、「全称名題を否定するには例外をひとつ提出すればよい」という数学の初歩的な約束をよく御存知だと思います。国立大学を受験する高校生は文系理系を問わず教師から死ぬほど叩き込まれます。

よって昭和四十年代のすべての歌人は「微視的観念の小世界」に沈潜した、という貴方の全称命題は、文明と佐太郎という二つの例外を提出することにより完全に否定されました。

次に補助命題として、貴方の短歌史観から、文明と佐太郎が消去されている場合について考えてみましょう。もっとも、申し訳ありませんが、私は貴方の史観がおよそ下らないものにしか見えないのです。一時代をただ一色に塗りつぶして何が面白いのでしょう。歴史家にとって関心があるのは、相異なる立場の歌人群が織りなす激しい葛藤のドラマです。フランス革命はジャコバン派とジロンド派とカトリックが憎しみあい殺しあったから面白いのです。

あだし事はさておき、宮柊二氏以後の世代をとりあげても、資方の全称命題は完全に否定されるのです。私は、三人の例外を提出することができます。清水房雄[4]、長澤一作[5]および川島喜代詩[6]の三氏です。

乾きたる風景のなかの松一木しきりにゆらぎ時うつりゐき　（清水房雄『又日々』）

煤煙のかなた入日の光芒はさむき楕円となりて落ちゆく　（長澤一作『雪境』）

生きがたき嘆きを聞きてわが思ふたはやすき代のかつてありしや　（川島喜代詩『層灯』）

これらの歌は、けっして内向的でも観念的でもありません。また、文明や佐太郎の亜流ではありません。独自の思想と独特の言語律動に支えられた写生派の新風が、ここに居るのです。清水短歌は土屋文明の清潔だが痩せた声調に反逆して豊かな言語律動の回復を達成し、長澤短歌は「寒き楕円」という佐太郎ならば拒否する抽象的な言語を操り、川島短歌は佐太郎が拒否した人生観の表白に挑戦している。これは能動的虚無主義です。

篠さん、これで、補助命題としても貴方の主張⑤は、完全に否定されました。

篠さん、貴方のきょとんとした顔が目の前に浮んできて、思わず私は笑ってしまいました。それでも貴方は何か納得がゆかないでしょう。御説明申し上げましょう。

そもそも、自分の好みの歌人だけをとりあげて、「これが昭和四十年代の傾向だ」と言った点に貴方の根本的誤りがあったのです。竹田善四郎氏が言っているように、貴方の作品の選び方には非常に偏りがあります。貴方は、私を、見る眼の狭い人間だと思っておられるらしい。とんでもない話です。いかなる流派を問わず広い視野をもって現歌壇を展望できることと私の右に出る者はほとんどいません。私が一目置くのは、上田三四二氏と岡井隆氏くらいです。残りは視野が狭い。残酷な言い方をすれば世界水準の詩人ではない。

結局のところ、篠さんには、歴史は「何か抗いがたい圧倒的な力」としか見えていないのです。つねに歌壇の陽の当るところに居た貴方は、歴史の上に飛び乗って駆けてゆくことしか考えていないのです。だから、玉城徹氏から、「敏捷な批評家」と痛棒をくらうのです。しかし、私は、それが貴方の短所とは思いません。むしろ大変な長所です。私は貴方の著者『近代短歌論争史』を感心して読みました。この努力精進はなみの人間のできることではありません。ここに貴方の本領があるのです。篠さん、貴方は明敏な歴史家です。しかし、一時代を画する評論を書くには貴方はあまりにも頭が良すぎるのです。

篠さん、歴史とは、一体なんでしょうか。「前衛短歌」華やかなりし頃、頭の悪い短歌職人として軽く見られていた長澤一作氏が、徐々に陰花植物のように根を張って、小中英之氏、松平盟子氏らおよそ歌観の違う若い歌人たちからも尊敬されるようになり、気がついて見れば、旧来のリアリズムを突き破る地点に出るまでの過程を、その傍でじっと観察していた私にとって、歴史は不可逆な可能性の無限集合に過ぎません。

われわれの前には無限の可能性がある。そのひとつを、詩人は己の理性と良心にしたがって選び、全ての持てる知力を振り絞って自己の運命を賭けるのです。勝ち負けなど問題ではない。真実に生きることが大切なのです。リアリズムは勝つかもしれない。あるいは負けるかもしれない。負けるかも知れないテーゼに自己の詩人としての全生命を賭ける美しい精神の躍動を、私は貴方から感じることができません。ロシアの革命家ウラジミール・レーニンは殺されるかも知れないと震えながら『国家と革命』を書いたのだ。[7]

すでに明らかでしょう。貴方は、「弱者の論理」に生き、私は、「強者の論理」に生きているのです。つまり、貴方の私に対する違和感はここにあるのです。もとより「弱者の論理」に生きる人々が、「強者の論理」に生きる人を滅ぼしてしまうこともあるでしょう。文学史はかかる茶番劇にこと欠きません。その時が来れば、私は、儒者・子路のように、冠を正しくして、死ぬのみです。

四　塚本氏と岡井氏への批判

いろいろと調べて見ると、「三十代歌人が塚本、岡井の両氏を批判していない」という現状認識は私の誤りでした。謝ります。

今、私の眼についた発言をいくつかあげておきましょう。まず高野公彦氏です。

たとえば岡井隆の歌で、あの人の歌は少ししか覚えてないんですけど、一つ覚えているのは、〈海こえてかなしき婚をあせりたる権力のやはらかき部分見ゆ〉という、・・・・・こういう歌はいい歌だとは思わない。[8]

これは、私のいう「プロト岡井」すなわち、『土地よ痛みを負え』から『天河庭園集』までの岡井氏に対するはっきりした批判です。これを見つけた時、私は高野公彦氏を見直しました。次は三枝昻之氏です。

(『鷲卵卒』あとがき) というような文章にあったりすると、その言葉使いの鈍惑さにあきれ、過去の自分の営為を文学史にかかわるものとして位置づけず、あたかも今をときめく西城秀樹や山口百恵と同じ位相に自らを置くその感性に心底ひえびえするのだ。[9]

これは、むしろ、「プロト岡井」による現在の岡井作品批判であり、高野氏とは正反対の立場です。転向者というのは常にこのような左右からの二重の批判にさらされるのです。

私が三枝氏に望みたいのは、メディア論にうつつを抜かす暇があれば、自己の歌人としての鑑識をかけて、岡井氏の近作を批評することです。今、佐佐木幸綱氏や三枝氏に要求されているのは、右に佐藤佐太郎氏を切り、左に岡井隆氏を切って、昭和三十年代のあの熱気をとりもどす勇気です。

最後に、最も若い歌人である松平盟子氏が塚本氏の近作に対して投じた紙礫です。

（塚本邦雄が）「幻想行為」が「魂」を「レアリズム」化し得る唯一の方法論と述べたところに、所詮観念の所産であり、遠からずして遊戯性を脱する可能性を、自らの内に包含していたといえよう。多くのエピゴーネンが排出したが、ついに主流たり得なかったし、近詠は空しい空中楼閣である。(10)

松平氏にかぎらず、同じ世代の栗木京子氏にも塚本氏と岡井氏の影響は全くなく、むしろ宮柊二氏、佐藤佐太郎氏への接近を見せているのは興味ある現象です。この辺が岡井氏から「優等生たち」と悪意をこめて皮肉られる理由なのでしょう。しかし、私はこの優等生たちに同情します。

篠さん、貴方の仰有るように、青年歌人の塚本氏および岡井氏を見る眼は、しだいに冷たくなって来つつあるようです。しかし、私は、これが、玉城徹氏と菱川善夫氏の「狼豚論争」[11]のような形で終って欲しくはありません。あの論争は、実に不毛の論争で、もう少し両者冷静になって議論すれば、面白い一致点があったのではないか、と残念でたまらないからです。

ともかく、私の論点②は私の認識不足でした。率直に自己の非を認め、三枝氏らによって展開されるであろう「新前衛」の前途を祝福したいと思います。

五　プロト塚本による篠氏批判

『短歌』八月号の論文の中で、篠さんはこういう思い切ったことを言っておられます。

「あらためて言うまでもないが、けっしてうまい歌がおもしろいわけではない。うまい歌が増えすぎた状況を呪わずにはいられない。作品としての完成度を高めるために、思いきったフレッシュな取材を怠りはしなかったか。なおまた、作品としての説得力をたもつために、生まな日常感覚を遠ざけたり、事実そのものを軽視したりはしなかったか。昨今にみられる「微視的観念の小世界」は、うまい歌の氾濫とどこかで結びついているはずである。作品のオリジナリティを欠いて、なにがうまい歌なのであろうか。これからの短歌は、作品としての完成度を優先させてはならない。無名者の歌の多くがそうであるように、ユニークな着眼点が見出されることによって、まず評価の尺度が当てられていく必要があるように思われる。」

私は、呆然としました。これは、篠さんが自覚している以上に破壊的な理論なのです。私は、こういう理論が理論として自立することをよく知っています。これは、芸術における技法を根底から否定した理論なのです。この理論にしたがって、ヨシフ・スターリン[12]は作曲家ドミートリイ・ショスタコーヴィチ[13]を馬鹿にし、ニキータ・フルシチョフ[14]は、抽象絵画を「豚の尻尾」と罵ったのです。

こういう理論的確信犯に優れた芸術家が対処する方法は、沈黙による無視、もしくは暴力による排除しかありません。しかし、私は、塚本邦雄氏が敢然として貴方に立ち向われることを信じて疑いません。

篠さん、この文章の冒頭に掲げられた塚本氏の警告をよくお読み下さい。これは、私が暗誦するくらい好きな塚本氏の文章のひとつです。

「作家の悲劇とは・・・大義名分とマニフェストの下で、下手な作家と呼ばれつつ悶死することだ。」そうです。その通りなのです。かつて、村永大和氏が「第三の戦後」（『短歌』一九七五年（昭和五〇年）四月号および六月号）によって抉り出したのは、まさしくこの悲劇に他なりません。私は、芸術家の使命についての熱情において、塚本氏を完全に支持します。ここでは、塚本氏は、貴方の敵対者なのです。

次に、貴方の、無名者の歌についての賛辞を考えてみたいと思います。ここでも同志塚本氏は痛烈な批判を貴方に放つでしょう。

「その自分こそ最も緊密に結びついていると確信しているらしい「民衆」とは、一体どのようなものか。彼自身をフューラーと無意識に錯覚する、そういう危険なファシズム的前提が潜在していなければ幸だ。[15]」

これは、二十年前に塚本氏が貴方に対して加えた一撃です。人間の性格はなかなか変るものではないと溜息をつくしかありません。

結局、貴方の言うことは、理論として自立しており、事実、ローマ帝国の崩壊後、西ヨーロッパは貴方の芸術観に支配されました。近くは、プロレタリア文化大革命期の中国においても同じことが起りました。篠さん、貴方は、自分で自分の発言の恐ろしさに気がついておられないのです。

さらに、⑦において、貴方は空穂系の雑誌に充満していた日常詠と、昭和二十年代「アララギ」の土屋文明選歌欄作品とを文学的価値が等しいと考えておられます。しかし、これは五味保義氏[16]の失笑をかうでしょう。何故なら、昭和二十六年、彼は、空穂と猛烈な論争をして、空穂系の雑誌と、当時の文明選歌欄作品とは、言語感覚が全く違うことを立証しているからです。この点については、萩原千也氏が応戦してくるでしょう。何故ならば、「アララギ」にあって文明選歌欄の理念を最もよく体現しているのは萩原氏だからです。私は、結社「アララギ」にかつての五味氏のような闘志が残っていることを祈ります。

⑦の篠さんの意見と、③の私の意見は、全く相容れない二つの芸術観であることが明らかになりました。賢明なる日本の歌人諸氏は、篠氏を支持し、「下手な作家」として悶え死に

されるがよろしいでしょう。私は私で勝手にやりますから。篠さん、この件につきましてはこれ以上議論しても双方何の益にもなりませんから、打ち切りましょう。

六　リアリズムとは何か

篠さん、貴方の⑧の見解は論理的に滅茶苦茶です。「克服」とは、「戦ってこれに勝つこと」です。したがって、「否定」しなければ「克服」することはできません。必要条件と十分条件についての解説書でもお読み下さい。

私には、貴方の言いたいことがよく分っているのです。「前衛短歌」は、旧来のリアリズムの良い点を取り入れて、悪い点を拒否し、さらに何か新しいものを短歌につけ加えたのだと。文学史家の言いそうな綺麗事です。こんな説は、起った現象を羅列できても、起った原因について何ひとつ説明できません。

私のここ数年来の疑問は、「前衛短歌」すなわち、貴方が支援する「現代派」短歌は、一体、旧来のリアリズムとどのように闘ったのだろうか、ということでした。

塚本氏には、「窪田空穂小論」[17]という優れた文章があります。また、菱川善夫氏には「宮柊二論」[18]があります。その他、坪野哲久[19]、前川佐美雄[20]、等を論じたものがあります。

しかし、土屋文明氏と佐藤佐太郎氏をまともに論じ、これを全面的に否定した論文は、少なくとも、塚本氏にはひとつもない。菱川氏には探せばいくらかあるでしょう。しかし、私は、彼の言語感覚を信用していませんから問題になりません。

塚本氏は人も知る佐太郎短歌の崇拝者です。さらに、近藤氏と宮氏のリアリズムを高く評価しています。一方、岡井氏は『現代短歌入門』において、文明の即物的詠法を高く評価しています。

結局、塚本氏は文明と佐太郎というリアリズムの二人の巨人と一戦も交えていないのです。塚本氏の闘った相手は、空穂のリアリズム、および文明周辺の歌人たち、すなわち五味保義、小暮政次[21]、柴生田稔[22]、落合京太郎[23]、吉田正俊[24]の各氏だったのです。ここに塚本美学のアキレス腱があったことは明らかです。マイナーポエットと闘って得た勝利。けちくさい勝利です。

ありあまるほどの聡明さ、天才というべき言語感覚に恵まれながら、決断と勇気を持ちあわせなかったために、千年に渡り日本民族の誇りと仰がれる大詩人になりそこなった歌人、それが塚本邦雄氏です。

篠さん、私は、塚本氏が、自分を「真のリアリスト」と称していたことは百も承知しているのです。しかし、それはアンドレ・ブルトンのごとき、理屈ばかり達者で実作がいまひとつ冴えなかった小詩人の泣言からの借用に過ぎません。要するに遁辞です。

僕達を「アンチ・リアリズム」と呼ぶ彼等の殆どは、明らかに自然主義以下、それ以下の何ものでもない手法を固執しながら、それをリアリズムと詐称して来ているのだ。僕が「魂のリアリズム」などということさらしい旗印を掲げるのも、こういう奇妙な現象の中での腹立たしいレジスタンスに他ならない。真のリアリズムとは、「真実に近づき、人間の魂に迫ること、内的感覚、精神的実在についての認識を伝達すること」であり、同時にそれは詩の目的であろう。

（塚本邦雄「遺言について」[25]）

この文章を読んだ時、私は直観的に「勝った」と思いました。こういうリアリズム概念は経済学でいうところの「空虚な概念」に当るのです。経済学の目的は国民福祉の増進である。「空虚な概念」を言うな。国民福祉とは何だ。生産された付加価値の総計か。社会的厚生関数のパラメター変動か。社会的余剰の推計値か。具体的に答えろ。

「詩の目的はリアリズムである」。これは一種のトートロジー（同語反復）です。このリアリズムの定義は、詩を作る上で何の役にも立ちません。どのようにして、詩の目的を達成するかについては、何も言っていないからです。ブルトンの作詩法は、さまざまな試行錯誤のうちに崩壊し、わが藤原定家[26]が塚本氏に作詩法を啓示したのです。しかし、定家の作詩は技法たるべきリアリズムから完全に切断されているのです。

塚本氏は、「文学の目的は愛である」と言う風に、「詩の目的はリアリズムである」と言ったのです。これはスローガンの体をなしていません。「愛」は「空虚な概念」です。

そもそも島木赤彦の「写生道」にしても、齋藤茂吉の「実相観入」にしても、土屋文明の「生活即文学」にしても、佐藤佐太郎の「純粋短歌」にしても、そこには詩の技法と、詩の発想と、詩の音感への具体的指針が含まれていたのです。それゆえに、彼等リアリストはこれらのスローガンに己の詩人としての運命を賭けたのです。

一方、北原白秋は、塚本氏と同じく、常に「空虚な概念」をスローガンに掲げました。白秋の弟子達が、作詩の実際に当って、ひどく苦しんだのは当然のことです。岡井氏が早くから指摘されているように、白秋門下の逸材、木俣修氏[27]と宮柊二氏の急速なリアリズムへの接近、さらに齋藤茂吉への傾斜の事実は、両氏が作詩の現場においていかに苦しんだかを証明するものです。
実作において「空虚な概念」をスローガンとする文学運動は必ず挫折する。これが、私の直観です。したがって、私にとってリアリズムとは、事実より出発してしかも事実と不即不離の技術です。この「不即不離」の距離に、文明と佐太郎の血のにじむような悪戦苦闘があったのです。今日、この両者はリアリズム内部で激しく対立する二大陣営の頂点に立ち、技法上まったく対蹠的な地点に出ています。しかし、この二人、および宮柊二、近藤芳美の四氏は、私の眼から見れば、すべて「真のリアリスト」なのです。

七　前衛短歌とは何か

篠さん、前衛短歌は、貴方が考えておられるように、リアリズムを内包する文学ではありません。それは、塚本氏や岡井氏が自覚した以上に革命的な文学なのです。塚本氏は、最近それが分って来たらしいので、こういうことを言っています。

前衛短歌とは一体なんなのだろう。岡井君の言う通りニックネームに過ぎないが一面象

徴技法を最優先する正統短歌ってことにつづまるんじゃないかと思うんだ。(28)

その通りです。象徴技法を最優先する短歌、これが塚本氏と「プロト岡井」の切り開いた文学だったのです。したがって、この立場に立つかぎり、正岡子規以来のすべての歌人は否定され、與謝野晶子ただ一人がそのあやしい光を放っているに過ぎません。明治以来のすべての歌人が否定され、どんな短歌が展開されるのかという反問が起るかもしれません。しかし、子規の実行した文学革命とは源実朝以来の歌人の全否定（少数の例外は勿論あります）だったではありませんか。

前衛短歌とは、子規以来の歴史を完全に逆転させる文学革命なのです。題詠とか本歌取の復活が何故前衛歌人の間で試みられたかがこれでお分りになると思います。私は予想する。そのうち齋藤茂吉作品なんか誰も読まない時代がきっと来る。

今をときめく佐佐木幸綱、三枝昻之、永田和宏の諸氏が前衛短歌の何を継承されようとしておられるのか私にはよく分りかねます。少なくとも、彼等は次のことに気づくべきです。塚本氏の全歌集、および岡井氏の『土地よ痛みを負え』から『天河庭園集』までの歌集は、たとえ両氏が理論的に意識したにせよしなかったにせよ、土屋文明氏と佐藤佐太郎氏への強烈な反逆なのです。それを直観するのが実作者の能力ではないでしょうか。

　さらに、次のことを直観しなければなりません。詩人としての天分においても、技法の徹底においても、塚本氏の到達した水準が、岡井氏よりも遥かに高かったということに。

　したがって、塚本氏と「プロト岡井」の切り開いた方向に進む歌人は、文明と佐太郎を理論、実作の両面において打倒する義務と責任を負うのです。ちなみに、反権力的立場、反体制的心情に基づく、文明批判、佐太郎批判は「新前衛」の発展にとって、百害あって一利ない。万一、佐佐木氏や三枝氏がそれを行なえば彼等は土岐善磨氏[29]のように「下手な歌人」として悶死することを覚悟しなければなりません。上岐氏は明晰な頭脳の持主ですが、ついに詩人ではありませんでした。

　篠さん、前衛短歌が、どこで挫折したかお教えいたしましょう。岸上大作です。

ああ、塚本氏ほどの鑑識の持主が、岸上の箸にも棒にもかからない作品をどうして拒絶しなかったのでしょう。塚本氏は佐佐木氏にはっきりと言うべきだったのです。「お前はこんな下手な歌人を論じて時を浪費するな」と。

　篠さん、下らない歌を作ったという意味では、皇道派右翼の将軍・齋藤瀏[30]も、人民短歌の俊英・小名木綱夫[31]も、同じく馬鹿な奴だったのです。象徴技法も写実技法も、どちらが正しいといえるものではありません。詩人が直観によって、自己の技法を選んだとき、その技法が自己の詩人としての才能をどこまで高めるかによって流派は興亡盛衰をくりかえすのです。第一流の象徴詩人が第一流の写生詩人を発見する手段は、彼の天才的直観でしかありません。

一九七四年（昭和四九年）、「テクノクラットのなかに」五十首によって、私が歌壇に登場したとき、私を推薦した玉城徹、近藤芳美、上田三四二、塚本邦雄の四氏の選評を注意深く読めば、塚本氏の指摘が最もよく私の作品の長所と短所をとらえているのです。現歌壇では、私はうまい歌人と言われている。しかし、私はうまい歌人でも何でもない。私の特質は私の思想の独創にあり、しかも、その独創によって最も深く傷ついているのが、私自身であることを直観したのは、塚本氏であります。

篠さん、貴方を含めて、前衛短歌の流れを汲む人々は、詩における、いや文学における思想とその独創について、とんでもない思い違いをしているのです。

独創とは、他人と違う、ということです。この独創は、詩人を苦しめこそすれ、彼の詩の看板とはなりえないのです。他人は、よく私の詩の真意を問う。誰が語りえましょう。独創とは、詩人が口にすれば、自分の心が炎えあがって死んでしまう恐ろしい直観なのです。だから、彼は黙って詩を作るのです。

一方、岸上は世間に流通している通念を、自己の看板としたに過ぎません。人はそれを思想と呼ぶ。おめでたい話です。「プロト岡井」は、ナショナリズムに関心を持った。しかし、世間に流通している通念に媚びた時、彼の作品はただの凡作に過ぎません。私は、岡井氏が未知の観念に向って心を泡立たせ、いわく言いがたい感動のもとで吐いた歌を、私の詩人としての天分にかけて、良しとするだけです。

私や、栗木氏や大谷氏を、人は「優等生」と呼ぶ。誰も何も分っちゃいないのです。私たちは、自分の存在の独創によって傷つき、さらに、自分の歌が下手なことによってもっと深く傷ついていることに。

あいも変らず下手な恋愛歌を発表し続ける栗木氏や、古い叙景歌を作り続ける大谷氏のどこをさして「優等生」と言えるのでしょうか。ただ彼等は、自分の存在の不可解さを嘆いているだけです。しかし、我々はそこに、今日の日本が、ようやく欧米に肩をならべたことの証明を見るしかないのです。栗木氏の自閉は、ラドクリフ・カレッジ(32)の女子学生の自閉に通じるのです。

私は、かつて自宅を訪ねて来た大谷氏に、「近藤芳美を読め」と言いました。だが、今では、その助言を激しく後悔しています。近藤氏もまた、世間に流通する通念に支配され、抒情詩人としての天分を伸ばすことができませんでした。近藤氏は、言うべきでないことを詩において言ってしまったのです。近藤氏の悲劇は岡井氏の悲劇であり、かつそれは、小説家・大江健三郎氏[33]が、『ヒロシマノート』を前後として歩んだ衰弱の道と同じものです。

私は、三枝昂之氏が、『短歌現代』のアンケートに答えて、「国家を認めない」と書いているのを読んで、笑ってしまいました。この主張が、正しいか、正しくないか、そんなことは私の知ったことではありません。こういうことを言う詩人としての愚かさを笑ったのです。彼が死んだとき、彼の全作品が国家を認めないと叫んでいる。そういう努力を何故しないのでしょうか。国家を認めなければ、黙って詩を作ればよいのです。君の詩が優れていれば左翼革命家は君の詩を胸に抱いて爆弾を官庁に投げるだろう。詩人の思想とはそういうものです。だからこそ、詩人は、文学史家と評論家の上に君臨する無冠の帝王なのです。

詩人は自分の独創を信じています。だが、それを語る他の手段を持たない。だから、詩を読んでもらうしかないのです。

前衛短歌を受け継ぐ諸君が私のこの助言を聞かぬかぎり、「象徴技法を最優先する正統短歌」は、ふたたび挫折するでしょう。

八　象徴主義短歌の敗北

篠さん、貴方が新しいリアリズムの例としてとりあげられる作品群は、つねに、象徴技法と写実技法の奇怪な混合に過ぎず、それらの詩としての水準はあまりに高低差がありすぎるのです。竹田氏の言うように、作品が各々勝手な方角を向いて勝手なことを呟いているのを強引に圧えこんだ評論なのです。私は、どう考えても貴方にこういう仕事は向いていないと思うのです。貴方には、もっとやっていただきたい仕事がたくさんあります。

象徴技法と写実技法は、理論的にはどちらも完結しているのです。だからといって、詩人がこの両者を都合よく着たり脱いだりできるものではありません。この二つの技法を器用に使い分けようとしている岡井氏の悪戦苦闘を私は痛ましく感じます。岡井氏の近作は失敗なのです。さらに言えば『斉唱』も下手な歌集なのです。「プロト岡井」のみが文学史上において永遠に分析されるでしょう。

今日の青年歌人たちには土屋、佐藤、宮、近藤氏のリアリストにつくか、塚本氏、「プロト岡井」のシムボリストにつくか、どちらかの道しかありません。そして、技法に徹底し、自己の語感を錬磨することです。リアリズムに徹底しても、塚本氏の作品の良さは分るのです。一方、シムボリズムに徹底しても文明の良さは分るのです。それが、直観を鍛える血のにじむような文学修行の成果なのです。

篠さん、私の言っていることは馬鹿馬鹿しく平凡なことです。しかし塚本氏は私の言うことがよく分るでありましょう。彼もまた直観にしたがって、敵陣営の皇太子である私の作品を選んだのですから。

しかし私は思います。この象徴という技法は悪魔の技法である、と。ひとたび言語が日常生活から切断されたならば、作品に独創をこめるために、詩人は、すさまじい知的緊張を必要とします。その緊張に人間は耐えられるでしょうか。岡井氏は転向し、塚本氏は小説家に変身しつつあります。

篠さん、歌人にとって、歌人である自己の精神を破壊するような技法が、いったい技法と言えるのでしょうか。美に憑かれた詩人の運命を思い、主義主張の重みを思うとき、私の心は暗澹とするのです。私は三枝氏や永田氏の未来に疑問を持たざるを得ません。坪野哲久氏や塚本氏のように、境遇を嘆く平凡な歌人に退化してゆくのでしょうか。

私は、断言します。象徴主義短歌は敗北する、と。

＊＊＊

篠さん、これで私のゲームは終りました。おつき合い下さってありがとうございます。このゲームは私にとり大変有益でした。私は写生の技術を徹底的に進化させることによって、詩の奥義を体得するしかないことが、よく分ったからです。

お元気で。さようなら。幸運をお祈りします。また、この世界の何処かでお会いしましょう。

(1) 本章は以下の論考に大幅な加筆・修正を加えたものである。「象徴主義短歌の敗北―篠弘氏に―」、『短歌』(角川書店)、第二五巻第一一号、一九七八年(昭和五三年)一〇月号、八二―九三頁。
(2) 塚本邦雄、『定型幻視論：塚本邦雄評論集』、一九七二年(昭和四七年)、人文書院、所収。
(3) Pierre Teilhard de Chardin. 一九八一年―一九五五年。カトリック司祭。古生物学者、地質学者。進化論を許容した神学者。
(4) 一九一五年―二〇一七年。旧制東京文理科大学卒。土屋文明の高弟。歌集『一去集』など。
(5) 一九二六年―二〇一三年。佐藤佐太郎の高弟。歌集『松心火』、『條雲』、『雪境』など。
(6) 一九二六年―二〇〇七年。佐藤佐太郎の高弟。歌集『波動』、『層灯』、『星雲』など。
(7) ロシア十月革命直後の一九一七年に発表。プロレタリア独裁を主張し、旧ソビエト連邦の共産党の指導理念となった。

(8)「俊英座談会」、『短歌』、第二二巻第四号、一九七五年(昭和五〇年)三月号、高野発言。

(9)三枝昂之、「鵞卵亭批評」、『短歌』(角川書店)、第二二巻第一二号、一九七五年(昭和五〇年)一一月号。

(10)松平盟子、「落葉ふむ音」、『短歌』(角川書店)、第二五巻第四号、一九七八年(昭和五三年)三月号。

(11)一九六五年(昭和四〇年)前後に雑誌『短歌』(角川書店)を主たる舞台として、前衛短歌の批判者である歌人・玉城徹氏と擁護者である菱川善夫氏との間に交わされた論争。玉城氏は北原白秋晩年の弟子であり評論も多数ある。菱川氏は国文学者であり、古今集と新古今集の評価で一世を風靡した風巻景次郎(北海道大学教授・関西大学教授)の弟子。アララギ系から見れば両者共に言語感覚が新古今集的であるので論争が近親憎悪に終わっているように見える。

(12)一八七八年―一九五三年。一九二二年から死亡時点までソビエト社会主義共和国連邦の共産党書記長に在任。

(13)一九〇六年―一九七五年。ソビエト社会主義共和国連邦の著名な作曲家・ピアニスト。欧米各国にもその交響曲の愛好者が多い。

(14)一八九四年―一九七一年。一九五三年から一九六四年までソビエト社会主義共和国連邦の共産党中央委員会第一書記に在任。

(15)塚本邦雄、「石胎の馬」、『短歌研究』、一九五五年(昭和三〇年)一一月号。

(16)一九〇一年―一九八二年。京都帝国大学国文科卒。万葉学者。日本女子大学教授。歌人。

(17)『国文学　解釈と鑑賞』、至文堂、第二九巻、第二号、一九六四年(昭和三九年)二月号、八一―

八三頁。
(18)『短歌』、角川書店、第七巻、第一一号、一九六〇年一一月号、三八―四四頁。
(19) 一九〇六年―一九八八年。代表的プロレタリア歌人。歌集『碧巌』一九七一年（昭和四六年）で読売文学賞受賞。
(20) 一九〇三年―一九九〇年。昭和戦前期モダニズム短歌の中心人物。歌集『植物祭』、『大和』、『白鳳』など。
(21) 一九〇八年―二〇〇一年。土屋文明の弟子。
(22) 一九〇四年―一九〇一年。東京帝国大学卒。日本上代の文学専攻。歌集『入野』一九六五年（昭和四〇年）で読売文学賞受賞。
(23) 一九〇五年―一九九一年。本名、鈴木忠一。東京帝国大学卒。最高裁判所人事局長。土屋文明の弟子。
(24) 一九〇二年―一九九三年。東京帝国大学卒。土屋文明の弟子。歌集『流るる雲』一九七五年（昭和五〇年）で読売文学賞受賞。
(25)『短歌研究』、一九五六年（昭和三一年）五月号。
(26) 一一六二年―一二四一年。日本中世の代表的歌人。明治時代の国文学者から徹底的に排撃された。昭和期に入り風巻景次郎や谷山茂らの研究によって再評価されるに至る。国民詩人とは言えないが洗練された文学者であると私は考えている。
(27) 一九〇六年―一九八三年。国文学者。歌人。旧制東京高等師範学校卒。実践女子大学教授。歌集『高志』ほか多数。

(28) 座談会「現代短歌の時代と方位」、『短歌』(角川書店)第二四巻第八号、一九七七年(昭和五二年)七月増刊号、一三四—一五四頁、における塚本の発言。一四二頁に掲載。
(29) 一八八五年—一九八〇年。国語学者。歌人。歌集『NAKIWARAI』のローマ字文体で著名。早稲田大学文学部教授として戦後の文字改革に指導的役割を果たした。
(30) 一七八九年—一九五三年。旧帝国陸軍少将。陸軍大学卒。第七師団参謀長。二・二六事件に連座、免官。モダニズム短歌の鬼才・齋藤史の父。
(31) 一九九一年—一九四八年。新日本歌人協会創立歌人群の一人。『人民短歌』の中核。佐藤佐太郎にその作品を徹底的に攻撃された。
(32) かつてセブン・シスターズと呼ばれた米国名門七女子大学の筆頭格。ハーバード・カレッジに隣接。一九九九年にハーバード大学と完全に統合し、大学内研究支援組織となった。
(33) 一九三五年生。一九九四年ノーベル文学賞受賞。小説『万延元年のフットボール』、一九六七年、小説『懐かしい年への手紙』、一九八七年など、日本語表現を文脈の限界まで拡大した斬新な作風。三島由紀夫と並び、敗戦後の日本を代表する文学者。

第三部　説得論集

Part 3　Essays in Persuasion

第一三章　土屋文明の孤独(1)

『短歌』（角川書店）七月号で土屋文明氏の作品を読んだ。表現の技巧の高さは絶壁を仰ぐ感を抱かせ、破調による屈折した声調は独創的である。まぎれもなく彼は、日本文学史に燦然と輝く歌人であり、その存在は、小説における志賀直哉に匹敵する重みをもつ。しかし、正岡子規以来の八十年の重圧に喘ぐ写生派万葉調は、ここに自己の未来を発見することができるであろうか。私は、苦痛をこめて言う。「否」である。作品をあげよう。

花に寄る心はいつの頃よりか貧にして餓を知らぬ少年

藤の花と卯の花の遅速にこだはるもうつろなる心の慰めなりき

自分は、いったい、いつ頃から花に興味を抱くようになったのだろうか。そう言えば、少年の頃、生活は貧しくても、終戦直後のように飢えることはなかったな。あの頃からそうなのか。いずれにせよ、老人となった今では、藤の花と卯の花の咲く順序をいぶかしむようなはかないことでも楽しみにして、虚無感を癒しているのだと、言う。一読して清潔な抒情と自在な技量を直感しうる。

しかし、どこか「詩」として痩せているのではないだろうか。感動に盲目的なところがない。人は、あるいは、八十八歳という年齢の所為にするかもしれない。だが、たとえ老年となっても、平淡のなかに滋味を蔵し、覇気こもる、というのが写生派短歌の神髄でなかったのか。

信濃路はいつ春にならん夕づく日入りてしまらく黄なる空のいろ

茫々としたる心の中にゐてゆくへも知らぬ遠のこがらし

これは、前者が島木赤彦[2]、後者が齋藤茂吉の最晩年の作品である。混沌として不可思議な詩境のなかに豊潤なひびきがこもり、一種の胎内願望を惹き起こす。これに反して、文明の作品は、『続々青南集』(3)の頃から、言葉に発見の驚きがなく、心理の泡立ちに乏しいのである。私は、最初、この欠点が文明の先天的性格からきていると思っていた。ところが、彼の全業績を振り返れば、私のこの見解は誤っていることが分るのである。特に、『韮青集』(4)における語感と観入の深さは私を打ちのめした。

方を劃す黄なる莟の幾百ぞ一団の釉熔けて沸ぎらむとする

閉ざしたる蓮に夕日つよくして尖りし紅数かぎりなし

万一、彼がこの『韮青集』の方向をさらに押し進めていたならば、今なお、結社「アララギ」は、歌壇に君臨していたであろうと夢想することは放恣に過ぎるであろうか。

しかるに、多くの文学史家は『山谷集』(5)、『山下水』(6)および『自流泉』(7)の三歌集をもって、土屋文明の短歌史上での業績とする。

たしかに、次のような作品群は、今なお、若き歌人たちを魅惑し続けている。

木場過ぎて荒き道路は踏み切りゆく貨物専用線又城東電車

吾が見るは鶴見埋立地の一隅ながらほしいままなり機械力専制は

朝々に霜に打たるる水芥子となりの兎と土屋とが食ふ

風なぎて谷にゆふべの霞あり月をむかふる泉々のこゑ

眉一つ落ちては何の徴標ぞ自嘲滑稽の域にはあらず

草をつみ食らひ堪へつつ生きにしを流氓何に懼れむとする

これらの歌群にこもる知性とニヒリズムと抒情は、彼が、赤彦および茂吉とよく拮抗する強烈な個性であることを指し示している。赤彦の門人・五味保義、憲吉の門人・近藤芳美、茂吉の門人柴生田稔ら、才能にあふれた若き詩人たちが、彼に引きつけられた事情はたやすく理解できるのである。今日になって見れば茂吉の『白き山』と佐太郎の『帰潮』が、わずかに『山下水』の颪圧に耐えているに過ぎない。

それにも関わらず、私は、戦後に土屋文明が切り開いた方向に短歌の未来はない、と断言する。これは私の賭けである。賭けは勝つこともあれば、負けることもある。私は、私の天分を信ずるだけである。茂吉よりも文明は新しい。確実に新しい。しかし、それがどうだと言うのだろうか。こういう詩を作ることによって我々の魂は救われるのだろうか。私には、荒涼とした原野と、孤独な人間の有様しか見えてこないのである。

たとえば、文明の植物を愛することは有名である。しかし、私にとって彼の植物詠は、科学者の報告を聞いている感じがする。

この希薄な感動はどこからくるのか。恐らく、叙述単純化の不足、虚語の使用の貧弱、発想の飛躍距離の短さ、という三つの欠点がその理由であろう。

もちろん、文明は脆弱な短歌滅亡論者ではない。彼の、「生活即文学」[8]という主張は、小説も俳句も滅び去った後でも、短歌が生き続けるであろうという、詩型に対する強い信頼に裏打ちされているからである。その一点において、私は彼を深く愛する。

「みづから恃むところある者は詠むべからず」（「短歌手ほどき」）(9)

土屋文明のこの言葉は、当時の歌人に強い影響を与えた。しかし私は、この一句から、「みずから恃むところある者」の激しい息づかいを聞く。彼は、逆説的言辞を弄したのだろうか。そうではない。彼は真剣である。彼は、どうしてもこう言わざるを得なかったのだ。詩型に対する愛と信頼と、その前にへりくだる謙譲の心をもつ者のみが短歌を作る資格がある。彼はそう叫んでいるに過ぎない。だが、彼ほど聡明でもなく、彼ほど教養もなく、彼ほど強い信念もない人間が、文明の逆説を、何の抵抗もなく受け入れた時から、彼の孤独は、さらに深くなっていったのではないだろうか。依然として彼は、挫折せる教育者なのである。

「生活即文学」このあまりにも有名なテーゼは、あまりにも多くの善良で愚かな犠牲者を生んだ。今なお生みつつある。ここに文明の生活をつらぬく詩を発見しようとする強烈な美意識を見る者はほとんどない。

彼の多くの才能ある門人のなかで、技巧に優れた人々には詩想がなく、詩想に優れた人々には技巧がない。そのうち、詩人としての天分に最も恵まれた人は、近藤芳美氏である。しかしながら、私の意見では、彼の思想は同時代の小説家・埴谷雄高氏[10]に比して見劣りし、技巧は、『埃吹く街』以来、方法的な挫折をくりかえして今日に至っている。

土屋文明の歌風を進化発展させることに、写生派の未来を賭けようとする一群の青年歌人がいる。その最も先鋭な分子として萩原千也氏[11]をあげることができる。しかし、彼は、いったい文明のなかにあるすさまじいニヒリズムをどのように継承しようとするのだろう。このニヒリズムは彼の実生活を不幸にする。私はただ彼の幸運を祈るだけである。

才能に恵まれた青年歌人が、必死の努力を重ねたとしても、美神は彼に微笑むとはかぎらぬのである。恐しいことではないか。

（1）本章は以下の論考に若干の修正を加えたものである。「土屋文明の孤独」、『短歌研究』、第二五巻第九号、一九七八年（昭和五三年）九月号、一四四―一四五頁。土屋文明は佐藤佐太郎夫妻の婚姻時の仲人であった。よって佐太郎門人で文明を正面切って批判した人は少ない。本論の公刊直後に佐藤志満夫人から「鵜飼君は間違ったことを言ってない、と佐藤が言ってたわよ」と告げられた。しかし真偽は分らない。

（2）一八七九年―一九二六年。長野尋常高等師範学校卒。小学校教員から地方教育行政家に昇進。長野県諏訪郡視学。『信濃教育』編集主任。一九一四年―一九二六年『アララギ』編集責任者。歌集『太虚集』、一九二四年、『柿蔭集』、一九二六年など。

（3）一九七三年（昭和四八年）、白玉書房刊。

（4）一九四六年（昭和二一年）、青磁社刊。青磁社は佐藤佐太郎が一時在籍した小規模出版社。現在の青磁社とは別組織。

（5）一九三五年（昭和一〇年）、岩波書店。

（6）一九四八年（昭和二三年）、青磁社。

（7）一九五三年（昭和二八年）、筑摩書房。

（8）土屋文明、「短歌の現在および将来について」一九四七年（昭和二二年）一一月於名古屋市講演速記。歌誌『朝明』一九四八年（昭和二三年）一月号掲載。『新編短歌入門』一九五二年（昭和二七年）創元社に再録。

（9）『文藝春秋』、第一〇巻第一号、一九三二年（昭和七年）一月号、五〇九―五一六頁。

（10）一九〇九年―一九九七年。一九四五年（昭和二〇年）から書き継がれ終に未完に終わった長編小説『死霊』は日本思想小説の白眉と言われる。だが未だに賛否両論があり評価が安定しない。

(11)一九四〇年生。歌集『木目』、一九七七年（昭和五二年）。

第一四章　塚本邦雄の痼疾(1)

塚本邦雄氏の文業を徹底的に批判したいという激しい衝動が私を捉えたのは、三十歳の誕生日直後の一九七六年（昭和五十一年）夏、関西大学の鵜飼研究室に二十代の歌人九名を集めて研究会を行なった日からである。テキストは、齋藤茂吉の歌論と與謝野晶子の作品、参加者は「塔」の川添英一、「吻土」の田中成彦および神戸大学、関西学院大学、立命館大学、関西大学の学生たちである。

研究会が終って、私が、参加者各人に、現代を代表する歌人を一名あげよ、と言うと、彼等は異口同音に「塚本邦雄」と答えて、私を驚かせた。私は佐藤佐太郎氏、宮柊二氏、せいぜいのところ、近藤芳美氏を予想したに過ぎなかったからである。

当時の私は、歌壇一般に対してきわめて楽観的な考えを抱いていた。角川短歌賞を受けてから二年、短歌新聞紙上で十ヶ月におよぶ反ロマン主義論争を終って一年、三十歳になったばかりの私は、自己の弁舌に自信を持っていた。何故ならば、私は、私と異なった文学観を持つ人々とも、たがいに理性による対話を続けてゆくにつれて、共通の基盤を見出すことができると考えていたからである。

同じ歌人である以上、一首の評価についてさほどの違いがある訳はない。これが私の固い信念であった。

しかし、私はあの夏以来、自分が「歩道」という高度に洗練された趣味をもつサロンで注意深く育てられた研究者であることを、嫌というほど思い知らされたのである。私は、戦後短歌と同盟しようとして、いくつかの討論会に出席し、かえってこれと争い、これに宣戦布告をして帰ってくる始末であった。

私は、私のまわりで次々と発せられる歌人の鑑識を全く理解することができなかった。一言にして言えば、私は「写実」であれ「前衛」であれ、いっさいの戦後短歌に深い違和を覚えたのである。私は、佐藤佐太郎の戦後短歌に対する超然たる態度の原因を初めて知ることができた。彼の態度そのものが戦後短歌に対する厳しい批判を意味していたのだ。

二年後、私はかつて私が抱いた深い違和感の源流についてほぼ正確に把握した。

その第一は、土屋文明氏に指導され、杉浦民平氏らのデマゴーグが踊った「戦後アララギ」の作品に対する嫌悪である。その第二は、塚本邦雄氏に代表される昭和三十年以降の反写実的作風に対する嫌悪である。これらに較べれば、宮柊二、近藤芳美、岡井隆の罪は軽いと言うべきであろう。宮氏はその屈折において、近藤氏はその抒情において、岡井氏はその思想において私を引きつける魅力を持っていたからである。しかし、「戦後アララギ」と塚本氏は、決定的な違和感を私のなかに生ぜしめ、それによって、私の心をはげしくわきたたせた。私は、抹殺すべき戦後文学を、この両者に象徴したのである。

さて、私の前に塚本邦雄氏の近業がある。すなわち、「青馬楽」五十首[2]、「朗朗」二十一首[3]「覚むる王のための喇叭華吹」百首[4]、「爛爛」十首[5]の計百八十一首である。

周到に構成された四編の詩篇を幾度も読み返しつつ、私は舌を巻かざるを得なかった。塚本氏は、自己の開拓した方法においてたゆみなく前進している。彼の初期歌集にしばしば見られた醜い饒舌はいつしか影をひそめ、象徴は純化し、ほとんど彫琢の跡をとどめぬほど自然である。

しかし、にもかかわらず、私の体質はこれらの作品をはげしく嫌悪し、これを否定してやまない。彼の失敗作のためにではない。彼の秀歌のためにである。秀歌をあげよう。

ひひらぎの花かすかなれわれはわが肩噛む白き悍馬を愛す
柘榴おもふそれも二月の風の日にするどき火種掌に載するごと
父となりて父を憶へば麒麟手の鉢をあふるる十月の水
悲しみのもなかにありて伊勢少女こよひ紅梅の実を煮るといふ
あかつきの雪のひとひら掌上に須臾かなしみの火種のごとし
ガリア戦記に罌粟咲きゐしか夜の空油のごとき五月なりけり
晩秋の燦爛として木洩れ陽は零る王侯のことばのごとし
藍微塵の袖はためきてわかものは天変のごと娼家出でたり

文語の詩に口語の鑑賞は不要である筈だが敢えて記す。第一首は柊の白く小さな花よ、お前はかすかに咲いているがいい、私は今、私の肩を噛む馬にすら一体感を抱くほど攻撃的に生きたいのだ、という意味になろう。チェーザレ・ボルジア[6]、もしくは織田信長を連想させるダンディズム[7]が溢れている。

第三首で父となったのは、塚本氏の方法では作者本人とは限らない。しかし、それはどうでも良い。父の気分を、麒麟手をもつ鉢にあふれる十月の水という充足のなかにこもる澄んだ悲哀によって暗喩する手際は見事である。

第四首は「こよひ紅梅の実を煮る」という下句に深くかつ微妙な音調がある。また、第八首は完全な虚構でありながら、「天変のごと娼家出たり」の一句の声調に人を引きずりこむデカダンスがある。

さらに、他の四首に用いられている直喩の切れ味は恐るべきものがあり、いずれを写生派の聖典に引用したとしても誰もあやしまぬであろう。

しかるに、これらの秀歌こそ、私に塚本氏のアキレス腱を提示してやまないのである。

具体的に言おう。一首目の「かすかなれ」の「なれ」、二首目の「それも二月の風の日に」の「それも」、三首目の「鉢をあふるる」の助詞「を」から匂ってくる田舎芝居のような臭気、四首目の「もなか」の語感の古臭さ、一首目の「白き悍馬」、五首目の「掌上」と「須臾」、七首目の「零る」に見られる過剰な装飾感、「藍微塵」の嫌味な語感、これらが私に塚本氏の詩の本質をつきつける。彼の全作品を通じて漂う俗臭が、私には耐えがたい。彼は、初期作品から、「発想と語感の卑しさ」という重い痼疾を持っているのだ。

もとより、責めらるべきは塚本氏一人ではない。写生派の偶像齋藤茂吉の歌集『赤光』もまた、塚本氏と同じ「卑しさ」を持つのである。しかし、茂吉は、写生の方法によってその作品の通俗を克服した。努力の結果、彼の壮年期以後の作品には、神か人かと嘆ぜしめる高い精神のひびきがある。

一方、塚本氏の象徴詩は未だその痼疾を克服していない。彼は既に五十六歳ではないか。おそらく、塚本氏は、『赤光』と同質の感性に自己の詩人としての運命を賭けたのであろう。私は、ついに、彼の詩句から「高潔な精神のひびき」を聞くことができない。これが、私が塚本邦雄氏という天才を拒否し、弾劾する理由である。

問題は彼の採用した「象徴」の方法そのものに内在している。彼の方法から追放された方法は何か。それは、トリビアリズム（瑣末主義）として軽蔑された、外界および自己に触発される感情の瞬間的波動である。しかし、それこそ、ただ生きているだけでは満足できない人間に、生の実感を与え、生きていることの意味を問う、詩の核心ではないだろうか。

（1）本章は以下の論考に若干の修正を加えたものである。「塚本邦雄の近業」、『短歌研究』、第三五巻第八号、一九七八年（昭和五三年）八月号、一四二―一四三頁。
（2）『短歌研究』、第三五巻第一号、一九七八年（昭和五三年）一月号、一四―一九頁。
（3）『短歌』（角川書店）、第二五巻第一号、一九七八年（昭和五三年）一月号、一四―一七頁。
（4）短歌』（角川書店）、第二五巻第四号、一九七八年（昭和五三年）四月号、四八―六一頁。
（5）『短歌研究』、第三五巻第五号、一九七八年（昭和五三年）五月号、七七頁。
（6）一四七五年―一五〇七年。イタリアの軍人。政治家。ローマ教皇アレクサンデル六世の子。枢機卿。ヴァレンティーノ公。ニッコロ・マキャベッリ『君主論』で高い政治的評価を受けた。
（7）奇抜で人目を惹く外見でありながら、実生活では成功し続ける生き方。冷酷。合理的。だが美意識のために自己の生命を危険にさらすことがある。詩人ジョージ・ゴードン・バイロンはダンディの代表。歌人・與謝野鉄幹はバイロンの人生に大きな関心を抱いた。

第一五章　立松和平を悼む

――早稲田の風景――

二〇一〇年（平成二二年）二月八日、立松和平が死んだ。私は上海の復旦大学で在外研究に従事している最中だった。九日夜、大学時代の旧友から悲報が届いた。六十二歳は早すぎる。彼は、つねに未完の大器であった。最初に立松と会ったのは一九六六年（昭和四一年）五月、早稲田大学政治経済学部一年十二組の教室である。当時の自治会幹部が教室に入ってきて、私と激しい論争になった。この時に、「まあまあ、お互いに興奮しねえで」と悠然とした栃木弁で止めたのが立松であった。

しばらくして、最初の自治会委員選挙が実施された。入学早々から学生ストフイキ反対組織で活動していた私は右翼代表として選出されてしまった。一方、立松は日頃の言動から左翼代表として選ばれた。級友は左派と右派の均衡をとったのである。

しかたなく、二人で政治経済学部棟地下の暗く湿った自治会室の木製ベンチに座って、社青同解放派と革共同革マル派の壮絶な路線論争を、ぼんやりとながめていた夜を思い出す。立松は十八歳、私は十九歳だった。

左翼の彼と右翼の私では仲がよくなるはずがない。ところが、立松と私には文学という共通項があった。彼は小説、私は詩という違いはあったが、最先端の日本語表現に惹かれていることは同じだった。

二人は、何時の間にか安い酒を酌み交わす仲となり、同じく文学が好きな級友数名を誘って謄写版印刷の粗末な学級誌を出した。

彼は最初の女性経験を小説にした。大江健三郎を連想させる、言葉が粘りつくような文体だった。私は詩を書いた。措辞に吉本隆明の影響が明白だった。級友から酷評された。

立松は毎日小説を書いていた。書く度に進歩があった。一方、私は経済学科の大和瀬達二教授に気に入られ、厳しい経済数学の訓練を受けた。最後には、教授の博士論文における寡占モデルの検算を依頼されるまでになった。いつしか、心の苦しみを救う手段が詩なのか学問なのか分からなくなった。

ある日、大隈銅像の前で立松が「有馬頼義[2]先生のところに行かねえか」と言った。若い小説家志望者や詩人志望者が集まって切磋琢磨しているとの話であった。

しばらく考えて、私は断った。「俺は卒業後に、フルブライトの留学生試験を受ける。ハーバード大学に行く。経済学者になろうと思っている」。

立松は哀れむような大きな眼でじっと私を見つめて「そうか」と言った。「オメエがそんなつまらない奴とは思わなかった」と言いたげな表情であった。

爾来四十年、彼は職業作家として死んだ。だがその長い文学的苦闘の人生はただただ痛ましい。私は、首尾よくハーバード大学に留学して大学教授になった。

しかし、あの日の立松の眼を忘れたことはない。

（1）本章は以下の文を修正したものである。「早稲田の青春」、『日本文藝家協会ニュース』、第七〇五号、二〇一〇年（平成二二年）七月、八頁。

（2）一九一八年—一九八〇年。ありま・よりちか。大衆小説家。一九五四年、第三一回・直木賞受賞。勝新太郎主演映画シリーズ『兵隊やくざ』原作者。　九七〇年—一九七五年、早稲田文学編集長。

第一六章　青春の歌(1)

昭和五十二年の正月になった。日本列島に住み、グレゴリオ暦をもちいているわれわれは、酷寒のうちに新しい年を迎える。このことは、暦の上での区切りを機会に、自己の人生をふりかえり、新しい生き方を探ろうとしている人々にとって、なにがしかの意味が含まれているように思う。われわれ日本人は、寒気に対する悲劇的感触によって、自己の勇気を鼓舞してきたからである。

関西大学の構成員である学生詰君のなかにも、年頭にあたって、ひとつの目的をたてた人がいるかもしれない。そういう人々は大いに努力してほしい。しかし、努力の一方で、自己の目的を疑わぬ青年を私は好まない。

学生諸君の年齢は、二十歳前後に集中している。いわば自己の青春のただなかにいるわけである。しかし、学生諸君自身が、そのことを実感として味合う機会はほとんどないのではあるまいか。なぜならば、青春とは、自分が何をしてよいのか分からない、それにもかかわらず、何かをしたいと思う年代だからである。どのように時代が変化しようとも、この青春の特性は失われることがない。一見無感動であり、無表情な現代の青年男女であっても、「何かをしたい」と思っていることに変わりはない。

したがって、多くの学生諸君は、全く偶然に自己に与えられたに過ぎない役割を必死で果たそうとしたり、それが自分の一生を決定する啓示である、と思いこんだりするのである。

私は、自分が担当する「経済原論」や「英書講読」の講義とならんで、顧問である「関大短歌会」の学生諸君の指導にも、かなりの情熱を注いできた。しかし、私は、短歌会の学生諸君が、学業をおろそかにして短歌に打ちこむことを厳しく戒めている。彼等の短歌作品のうちですぐれたものは、青春特有の焦慮と倦怠をあらわしてはいるけれども、迫力に欠けているからである。

一首の迫力は、自分とは一体何であるかを客観的に見つめる生活態度からしか生まれない。そのような態度は、学業によって培われる理性と、ある一定量の経験をもってして初めて可能なのである。

このように言えば、私は、私より年少の世代に対して、非常に厳しい態度をとっていることとが明らかになるであろう。

何か教ふるといふにはあらず叩きつくるごとく語りし午後の二時間

（経済学部専任講師・鵜飼康東）

しかし一方、私は、青春の一面を見事に定着させた、次のような学生諸君の作品を深く愛しているのである。

わが部屋の隅に造花があざやかにいつまでもあることもうとまし

（経済学部三年・足立嘉之）

足立君は、北兵庫の山村から大阪に出て来て学生アパートに住んでいる関大生の一人である。狭い自分の部屋に造花がいつまでも置かれている情景はありふれている。しかし、足立君のように「あざやかにいつまでも」と巧みに言うと、この造花に、本物の人生をついにつかみえない青春の悲哀を連想して、涙のにじむ思いがする。

仕事なき町工場より帰りきし父が笑ひてわが夢を問ふ

（文学部二年・工藤八州男）

工藤君は、家族とともに大阪の下町に住んでいる。足立君と違って、一首全体の調子はたどたどしく決してうまいとは言えない。しかし、苦労して大学に子を進ませた父と、その父を尊敬すると同時に反発している子の関係がいきいきとあらわされている。しかも、笑いながら子供の夢を問う父の姿にはある種のユーモアと余裕があり、関西大学を支えているのがこのように健全でしぶとい大阪の庶民であることを感じさせるのである。

彼等の作品を読むと、私は、一時は学業を放棄してまで短歌に没頭した自己の青春を想起して、感動を禁じえない。

はなやかに轟くごとき夕焼はしばらくすれば遠くなりたり

この一首は、戦後短歌の第一人者と言われる佐藤佐太郎の第一歌集『歩道』のなかにある。私は、青春の途上においてこの一首に会い、作歌にのめりこんでいった。一橋のゼミナールを欠席して作歌したことすらあった。そのような私を励まし、再び経済学にたちもどらせたのは、指導教官・藤野正三郎教授の「経済学を一所懸命にやらなければ短歌もうまくならんぞ」という叱責であった。今なおこの一句は、私を督励しつづけている。

現在、経済学者として社会的機能を果たしている私は、人間と人間の作り出す組織が、何を自的として、どのように行動しているかに、日々強い関心を抱いている。理性の役割は、現実を分析し、未来を予測し、自己の運命のいくばくかを自己の支配下に置くことである。私の理性は、私の感傷を危険であると考える場合があるかもしれない。

しかし、私たちは、完全に理性によって生きることができないし、完全に感情によって生きることもできない。聡明な生き方とは、ときに理性が感情に逆らい、感情が理性を裏切ることがあっても、これを許すことではないか。私は自己の論文には一点の矛盾もないことを願い、またそのように努力している。

しかし、私の人生が矛盾に満ちていたとしても、それは、それでかまわないと思うのである。

年少の学生諸君は、どのように考えるであろうか。

（1）本章は以下の文章に若干の修正を施したものである。「青春の歌」、『関西大学通信』、第七〇号、一九七七年（昭和五二年）一月、関西大学広報委員会、巻頭頁。

第一七章　良い写実・悪い写実(1)

一九七七年（昭和五二年）九月、ミシガン州立大学の夏季研修から帰って来ると、歌誌『ポポオ』第十六号が届いていた。追っかけて、直に第十七号が来た。『短歌』（角川書店）で、長澤一作氏と御供平信氏が論争していたことを知ったので、それに関連して一言記す。

御供氏には、事大主義的なところがあるので、『短歌新聞』において、西川敏氏から、彼の文章に不明朗な点があると指摘されたのだろう。僕もそう思う。彼には、嫉妬や私怨をからませて文章を書く傾向がある。

しかし、この点については、彼の欠点として今後反省してもらえば良いのであるから追求しない。何故なら、御供氏には、詩人として良質の部分が沢山あるからであり、僕は、それについてこそ論じたい。僕は彼の誠実を信ずる。

さて、第十七号の後記で、御供氏は、「主義主張だけは判然している。写実写生である」

と書いている。しかし、果してそうか。僕が、『ポポオ』の写実と明確に一線を画したいと思っているのは、その詩に対する態度が存外浅いことを、直観的に嗅ぎとっているからに他ならない。

もちろん、僕は、大河原惇行氏、御供平佶氏、大山敏男氏の素質をみじんも疑うものではない。今年の春、清水房雄論を書くために、歌誌『アララギ』のバック・ナンバーを通読して、やはり大河原氏の歌は光っていると思った。『ポポオ』第十六号でも印をつけた注目作は、彼の歌がもっとも多い。しかし、その大河原氏の作品を叶楯夫氏は、「一見新古今返り」と警告する。叶氏のほうがよほどおかしい。こんなことを言えば、気の弱い大河原氏は、萎縮して天分を枯れさせるだけではないか。

叶氏は「新風の作品は常に危険な匂いがする」という基本常識に欠ける。こんな人は詩に携わるべきではない。土屋文明氏周辺にはこういう詩人気取りの凡人が充満している。大河原氏は凡人を論破すべきである。

御供氏については、もっと事態は深刻である。長澤一作氏が、角川書店の『昭和五十二年版・短歌年鑑』（一九七七年版）で、彼に「響きを求める」と助言したことを彼はもっと深刻に受けとめるべきなのだ。

僕は彼の天分も誠実も疑うものではない。しかし、その知性を疑う。「自分の文学観に何か足りないものがある」と気がつくほど勉強していないのだ。齋藤茂吉の写実と土屋文明の写実は決定的に違う。茂吉は良い写実、文明は悪い写実だ。この格差を決めているのは言葉の響き、すなわち、日本語の音楽的側面だ。この点で文明は北原白秋にも劣る。

彼は、自分の育って来た文学的環境を反省すべきなのだ。自然主義文学が滅びた理由は詩の内容にばかりこだわって、言葉の響きをおろそかにした点だ。

だから、窪田空穂の歌はつまらない。詩として音楽的に貧困である。そうは思わないか。御供氏の作品と大河原氏の作品を明確に区別しているのは大河原調ともいうべき独特の五句三十一音節のうねりと響きなのだ。

かつて、伊藤左千夫は、與謝野晶子の鎌倉大仏の歌を痛罵した。しかし、その左千夫を土屋文明は、第一流の詩人である、と断言した。この世は、凡人に満ちている。伊藤左千夫を小説『野菊の墓』一編を書いて死んだ三流詩人と思っている紳士淑女は日本に腐るほどいる。この紳士淑女は與謝野晶子を日本を代表する超一流の詩人と思っている。

『ポポオ』、の諸君、信念を持て。自分の直観に命を賭けろ。與謝野晶子は三流詩人だ。繰り返して言う。伊藤左千夫、齋藤茂吉、佐藤佐太郎らの、「良い写実派歌人」には、詩に対する確固とした尺度があった。それを哲学的思弁によらず、言語技術によって説得する聡明さと知性があった。だからこそ土屋文明は「茂吉が新詩社に入って、與謝野鉄幹の同志となったならば、日本文学に燦然と輝く空前絶後の大詩人になった」とはかない夢を見たのだ。僕はたとえ新詩社に入らなくとも茂吉は空前絶後の大詩人と思うが、人麻呂、貫之、定家、芭蕉をしのぐ日本最高の詩人という意味だろう。文明の夢は正しい。

一方、『ポポオ』の諸君は「悪い写実派歌人」の毒が全身に回っているのだ。諸君が、写実の尺度を極端に狭く解釈していることを僕は同志としてふかく悲しむ。

大河原氏は、第十六号の「歌壇作品評」において、僕の短歌を、佐太郎のエピゴーネンであると評した。その通りである。ぼくは、佐藤佐太郎のエピゴーネンであることを恥じない。

さて、問題はその先に存在する。僕は土屋文明のエピゴーネンであろうとは思わない。ましてや、窪田空穂のエピゴーネンであろうとは絶対に思わない。もちろん、文明は、空穂よりはるかに秀れた作品を残している。

『ポポオ』の諸君よ、僕の志は諸君の想像を絶するほど高いのだ。低い山に登っている人間は、低い展望しか持ち得ないが、高い山に登っている人間は、高い展望を持ちうる。僕は佐太郎という高い山に上って、詩を展望しているのだ。

もちろん、僕のなかに、「佐太郎なにするものぞ」という覇気は充満している。後世の文学史家は必ず言うであろう。鵜飼康東の短歌は佐太郎短歌とは別の視角を持っていた、と。佐藤先生が、最近の僕の作品を一言で「君の歌は内味があるからな」と批評したのはそのことをさす、と言えば倣岸不遜であろうか。

しかし、僕の独創は、僕が佐太郎短歌の徹底したエピゴーネンたろうとしたことから果された。この逆説的真実に気づかぬ大河原氏は勉強不足である。

写生の技法の秘密は、技法が作歌者の詩的尺度を自己変革することにある。『ポポオ』の諸君は、そのことを、血を吐くような修行によって体得しているのではなかったのか。

僕は、狭い党派的了見からこんなことを書いているのではない。諸君は、僕の同志だ。写実派短歌の作品を徹底して読めば、佐藤佐太郎が、左千夫、茂吉の流れをひいて、豊かな語惑と、奥深い内容をはらんでいることは明らかではないか。それは、大半の「アララギ」歌人からは「主観的」と批判されるほど、豊かな未来をはらんでいる。彼らは、詩が分かっていない。土屋文明の毒が回っている。文明は詩人だ。だが文明の弟子に詩人は清水房雄氏以外は皆無だ。

僕は、『ポポオ』ほどもらって歯がゆい思いをする同人誌は他にない。この人々しか、僕の同盟軍はない、と思う。その反面、「もっと高く飛べ。命を賭けて、空に飛べ」と、怒鳴りつけたくなる。

諸君の健闘を祈る。また会おう。

(1)本章は以下の論考に大幅な修正を施したものである。「歯がゆい思い―ポポオに―」、『ポポオ』、第一八号、一九七八年（昭和五三年）三月、七―九頁。歌誌『ポポオ』、は「アララギ」、「国民文学」、「冬雷」の若手歌人が結集していた。「コスモス」の若手歌人が結集した歌誌『桟橋』と並び、三十代の私が最も注目していた同人誌である。ただ、私から見ると、「どの詩も真面目で華がない」という印象であった。「新人は豪華絢爛、斬新な詩句を駆使すべし」というのが私の持論である。

第一八章　詩は何の役に立つか(1)

雪積もる凍河の上にいかづちがひびきて風の向きかはりをり

（鵜飼康東歌集『美と真実』）

氷結した河はチャールズである。ハーバード大学とマサチューセッツ工科大学の傍らを流れてボストン湾に注いでいる。河幅は五十メートルに達しない。しかし、両岸に緑豊かな遊歩道が設けられているために実際よりもはるかに広く感じる。

冒頭の一首は一九八二年（昭和五七年）九月歌誌『歩道』に掲載された。主宰・佐藤佐太郎先生は七十二歳、まだお元気であった。翌年四月に次の作品が巻頭・特選に選抜されている。

星条旗かけて運ばれゆくひつぎ警官ひとり死にたりといふ

（同歌集『美と真実』）

フルブライト奨学金を受けてハーバード大学に留学した私は絶望の日々を過ごしていた。指導教授デール・W・ジョルゲンソン博士はマクロ経済学の世界的権威である。だが、私は研究を進めれば進めるほどマクロ経済学に懐疑的になっていった。この逆境を跳ね返そうとして有名査読誌に投稿した論文は「発想は優れている。しかし、英語が信じられないほど貧弱で修正不可能である」と酷評されて掲載を拒否された。

冬のハーバードの生活は厳しい。摂氏マイナス五度以下の日々が続き、深夜に建物を出ると外壁温度計がマイナス十五度に達していた。

「自分は学者としてもう駄目だ」と、思いながら研究個室のあるヴァンサーク・ホールから宿舎のソルジャーズ・フィールド・パークまで煉瓦道を帰る。石造りのアンダーセン橋から見おろしたチャールズ河には厚い氷がはりつめていた。

吹雪になると危険で図書館にも研究室にも行けない。風の音を聞きながら河の見える下宿に閉じこもって本を読む。空はどす黒く曇り雷が鳴る。急に勇気が湧いてくる。絶望的な状態にありながら学問に精進する意欲は微塵も衰えない。私には精神の最後の拠点として詩があった。

一九八三年（昭和五八年）四月、敗残者の思いを抱いて帰国してからも私の学問的放浪は続いた。二〇〇二年（平成一四年）四月、ようやく渡米以来の理想を実現する情報通信技術の文理融合の研究所を創設し、所長室の壁にドナテッロとミケランジェロを讃えた旧作一首を掲げた。

天才の彫りしダビデをしのがんと自らの作据ゑしたましひ

（同歌集『美と真実』）

詩は、私の学問を救い、私の人生を救った。

（1）本章は以下の文を修正したものである。「わたしの原風景　凍河」、『梧葉』、第四一号、二〇一四年（平成二六年）年四月、一二頁。

第一九章　コンピュータをどのように詠うか(1)

――尾崎美砂氏に(2)――

貴信拝受しました。貴君のお手紙は内容が二つに分かれています。第一はコンピュータを素材として短歌を制作する場合に、表現技術上の様々な困難が伴うことです。第二は、インターネットを表現手段とした短歌の可能性をどのように考えるかということです。紙面が限られているので、表現技術についてお答えします。

詩人は、他人が自分の作品をどのように解釈してくれるかという問題に心をわずらわせるべきではない、と私は思います。芸術作品は、本能的衝動が最初に来るべきです。いかに難解な学術用語を用いようと、私は基本的にロマンチストです。

私は、自分の作品の素材が他人に理解されようがされなかろうがどうでもいいのです。私の作品に表現された感情が大切なのであって、その感情を引き起こした動機である素材は何でもよいのです。ですから私は、糞尿も殺人も詩の素材である、と公言してはばかりません。コンピュータは、私の詩の素材に過ぎません。

しかし、「いくら自分が良いと思った作品でも、他人が評価してくれなければただの自己満足に終わるのではないか」と貴君は反論されるでしょう。

その通りです。したがって、貴君が誰を読者と想定しているかが、次の問題となります。

私は、ごく少数の選ばれた読者しか想定していません。私の作品の読者になるには、覚悟がいります。同志の中では長澤一作、川島喜代詩、尾崎左永子、歌壇で岡野弘彦、塚本邦雄、馬場あき子、岡井隆、高野公彦、柏崎驍二、三枝浩樹、秋葉四郎、栗木京子、松平盟子、坂井修一、大辻隆弘と言ったところでしょうか。

だが、本当に想定している読者は死んだ佐藤佐太郎先生ただ一人です。私は深夜に書斎で一人過去の作品を推敲している時、いつも「先生ならばどう言うだろう」と、自問します。このようにして専門用語にまつわる通俗的語感を削ぎとってゆく作業が私の短歌工房の秘密です。

六十歳前後の佐藤先生の選歌は、実に大胆不敵、不羈奔放でした。いつも「鵜飼君はおとなし過ぎる」と叱られていました。難解な経済学や数学の専門用語をどんどん使うように奨励されました。ただし、語感のきびしさは恐ろしいものでした。たとえ、一首の中のある言語の意味が素人に明確でなくとも、それが読み手を感動させる響きを持っていれば先生は私の作品を誉めてくれました。

したがって、私は「パソコン」という和製英語を使いません。語感が通俗だからです。また、「ソフト」という用語も、「ウエア」の省略が語感に詰まった感じをもたらすので、滅多に使いません。「マニュアル」も手引書とか手順とか言い換えるべきだと思います。オペレーションシステム、いわゆるOSの固有名詞については、語感が良ければ使い、悪ければ使わない、という是々非々の立場をとっています。

最後に、大阪に赴任する二十八歳の私に、先生が仰った、「工夫は詩外にあり」という一句を贈ります。文学の道は厳しい。

貴君の幸運を祈る。

（1）初出、「工房の秘密」、歌誌『運河』、一九九七年（平成九年）四月号、一〇五頁。
（2）本名、徳山美砂。一九六二年―二〇一三年。川島喜代詩に師事。経済学者・尾崎巌と歌人・尾崎左永子の一人娘。

第二〇章　英訳佐太郎短歌の口語訳(1)

『茨城キリスト教大学紀要』、一九七五年（昭和五〇年）三月号、六五一六六頁に、齋藤襄治教授が、「佐藤佐太郎短歌選」（Selected Poems by Sato Sataro）と題して、短歌七首の英訳を原詩と対照しながら、発表した。

自分の勉強のために、その英訳を再度日本語の口語に忠実に翻訳してみた。なお、引用歌の漢字と仮名遣いは齋藤教授の本文のままである。

一、あらそひの声といふとも孤独ならず鮭の卵を噛みつつ思ふ

（歌集『地表』、昭和二八年）

They are not lone souls

That quarrel.
I taste the blackfish eggs
As I quietly bite into them.

ひとは孤立する魂ではない
たとえ口論しようとも
私は鮭の卵を味わっている
静かに噛みしめながら

二、能登の海ひた荒れし日は夕づきて海に傾く赤き棚雲

（歌集『地表』、昭和三〇年）

The Bay of Noto,
The raging day now waning.
The reddening cloud

Trails toward the sea.

能登の入江
荒れ狂う日は今終ろうとし
赤く染まりゆく雲は
海に向いなびいている

三、輝きを空にかへせる海沿ひに冷えびえとして続く草原

goldly along the sea
　That casts its glow
Into the sky
　Stretches a grass field.

（歌集『地表』、昭和三〇年）

寒々と海に沿って
海が輝きを投げかえしている
空に
草原が広がる

四、露出して鋭き石に烏啼く曇り日寒き草山の上

（歌集『地表』昭和三〇年）

The crow caws
In the chilly and cloudy sun,
As it perches on a sharp edge of rock
Exposed on the grassy hill.

烏が鳴いている
冷え冷えとして曇った日のなかに

鋭くとがる岩の角にとまって
草の丘に露出する岩

五、宵々に露しげくして柔かき無花果の実にしみ通るらん

（歌集『地表』昭和三〇年）

The dew that nightly falls
Must sweeten
The flesh of the figs
Beneath.

夜毎におりる露は
甘くするのに違いない
無花果の実に
しみ通り

六、鉄のごとく沈黙したる黒き沼黒き川都市の延長の中

（歌集『地表』　昭和三〇年）

The swamp is dark and silent
　As steel,
And yet the dark stream moves
　Into the reach of the city.

沼は暗く沈黙している
鋼鉄のように
だが暗い川は動く
都市の続きに

七、波あらき渚にいでて積む雪の白しづかなる境をあゆむ

（歌集『形影』　昭和四三年）

I go out to the beach
Washed by heavy seas.
How quiet the border of snow and waves
As I tread softly on the sand !

私は浜に出る
渚は波に荒々しく洗われ
何という静けさだ　雪と波の境は
そっと砂を踏む時に

齋藤訳を口語訳して、気がついたことを書きとめておこう。

一の歌。隣家から口論の声が聞えてくるのを、一人の男が、鮭の卵を噛みながら、上句のように感じている。原詩では、上句が、単なる箴言にとどまらない深い言語感覚を読者に与えている。同様に、英訳でも「鮭の卵を噛む」行為が、変に深刻な感じを読者に与える。私は「鮭」という魚の瞑想的印象が原詩全体にかなり重要な役割を果していると考える。なお、原詩の「いふとも」には、作者自身の孤独感が強く出ている。しかし齋藤教授の英訳ではこれがうまく表現されていない。

二の歌。能登半島東部の和倉での作品である。一日荒れていた海が、ややおさまり、夕暮のなかに、海に向って、赤い棚雲がなびいている状景である。齋藤訳は、仲々調子が張っている。特に後半がうまいと感心した。原詩の「荒れし」には、時の経過が入っている。しかし、現代語の過去表現はひどく間が抜けている。現代詩の表現法にどうしても付きまとう軽薄な音感を打破するのは難しい仕事だと痛感した。原詩の「海に傾く」も、状景が一挙に鮮明になる力動感のある句である。全体に情景鮮明である。しかし、清明なのではなく、混沌として何かすさまじい。

三の歌。釧路海岸の朝である。夏とはいえ肌寒い。気温だけでなく、状景そのものが寒々としている。静かな朝の光のなかに海と、海岸に沿つて細長い惑じで草原が見える。原詩の「輝きを空にかへせる」が、朝の光が海から来るとも、空から来るとも言えず、全体に照り映えている清い状景を簡潔に言っている。齋藤教授の英訳は、along で導かれる副詞節が長すぎて、寒々と草原が見える、という感受が素直に伝わらない。静的で存在感の確かな詩的内容である。

四の歌。秋吉台の状景である。草山の上に鋭い角を持つ石灰岩がごろごろして、そこに烏がとまつて鳴いている。しかも、肌寒い曇の日である。全体として荒涼とした状景で、能動的なニヒリズムが現れている。こういう状景に眼を据えている人間の、内面の激しさが浮びあがつてくる。それが、虚無感に支えられた激しさであるから、状景は世界の根源にある非情を示す。齋藤訳が大変うまい。

五の歌。秋に入り、無花果の実が次第に熟してくる。秋の冷気の運ぶ夜露が、その次第に柔かくなってゆく実に沁み通つてゆくのであろう、と作者は感じている。

この感覚に、飛躍があり、その飛躍から、原詩全体に、しなやかで濃厚な甘さがある。したがって、英訳でsweetenとした斎藤氏の鑑賞力は平凡ではない。しかし、口語で「甘くする」と言うと逆にいやらしく聞こえるのは奇妙である。原詩の感覚的飛躍には、左千夫、茂吉、佐太郎と継承された技術がある。飛躍に技術力がなければ独断となる。

六の歌。機上吟である。大都会の外郭に、黒色の沼と川が見える。無機的で厳しい状景である。しかし、茂吉の機上吟にも見られるように、あまり細かく描写しないで、一首全体の語気で圧しているから、変なまなましさがある。齋藤訳では、沈黙しているのは沼だけである。これは誤訳ではないか。一、二句は沼と川の双方にかかっている。

七の歌。雪の積った砂浜と、往反する波の間に、細長く砂浜が見えたり隠れたりする。そこを作者が歩いてゆく。神秘的な状景であり、思想の影が強い。こういう特殊な状景によって、不滅の世界と、有限の生命との対比が暗示され、そういう世界観が説得力を持って迫ってくる。齋藤訳の第三行が、原詩を補っていて、うまいと思った。しかし口語訳するとくどくなった。

結論を述べる。佐太郎短歌に思想がないという批判は、根本的に間違っている。

（1）初出、「英訳佐太郎短歌について」、『歩道』一九七五年（昭和五〇年）一〇月号、五五―五七頁。

第二一章　佐藤佐太郎歌集『天眼』評（一）

「佐藤佐太郎氏はすでに過去の人である」という批評をときに聞く。私はこのような評価を信じない。のみならず、かかる言を発する人物の知性を根底から疑うのである。

佐藤氏の文学は、深くかつ鋭い。その底に秘められた謎は短歌に夢を託す青年たちを何処へ連れてゆこうとしているのであろうか。この謎あるかぎり、氏は永遠に新しい、と言わねばならぬ。

『天眼』を読み終って、私はしばらく茫然としていた。一首一首はすでに歌誌『歩道』誌上において熟読している筈であった。しかし、こうして一巻にまとめられてみると、短歌といえどもこれだけの力を持ちうるのかと嘆かざるを得ない。

私は、現代の詩人として、この老人に畏怖と羨望とはげしい嫉妬の念を抱いたことを、告白する。

忘れたる夢中の詩句を惜しみつつ一つの生をさめて喜ぶ

たちまちに寒き日あれば暑きより三十日滝のごとく移れる

ここに収められている作品は、日常嘱目の題材がほとんどである。鑑識の貧弱な二流の文学史家は、これを旧態依然たる自然詠の名のもとに斬って捨てるであろう。しかし、作品が彼を叩き潰す。文学史から抹殺されるのは佐藤氏ではない。彼ら二流の文学史家である。

さて、『天眼』のなかで、最もその特徴を露にしているのは後半部の作品群である。

春ちかきころ年々のあくがれかゆうべ梢に空の香のあり

蛇崩の道の桜はさきそめてけふ往路より帰路花多し

山茶花の咲くべくなりてなつかしむ今年の花は去年を知らず

むらさきの雲のごときを掌に受けて木の実かぐはしき葡萄をぞ食ふ

もちろん、佐藤氏の従来の作風を引く秀作は歌集一巻のなかに数多く見られる。しかし、右の作品群は、最近の佐藤氏が、自己の強靭な意志の力から漸く解き放たれたことを示して、私の心を騒がせたのである。強者佐藤佐太郎は新しい境地に軍を進めた。観照の歌人は、ボードレールやコールリッジの詩の翻訳に耽溺した青春の日々に帰りつつある。

かつての日、若き佐藤氏の明晰な意識は、まず何よりも自己自身に向けられ、これを剔抉して倦むことがなかった。氏の分析力は、その高い理想とともに、自分が悪魔の快楽にひかれていることを見誤たなかった。歌集『立房』、『帰潮』以後の氏の激しい観照の意志は、この反動と言ってよい。

しかし、見よ。『天眼』において、氏の作品は一切の禁欲を放棄した。今や、氏は自由の空にはばたこうとしている。

日本文学史上の謎の一つは、イギリス・ロマン派およびフランス・象徴派の詩人たちの影響をその核心において浴びた文学者がすべて写生派歌人であった、という事実である。この謎を解く鍵を、佐藤佐太郎という一人の天才が握っている。氏の詩人としての輝かしい栄光も、恐ろしい悲劇もここに存するのである。

（1）初出、「佐藤佐太郎歌集天眼について」『ミューズ』、第一二号、一九七九年（昭和五四年）一〇月。

第二二章　長澤一作の写実(1)

めし粒をこぼしつつ食ふこの幼貧（をさな）の心をやがて知るべし

コスモスの花群（はなむら）に風わたるとき花らのそよぎ声のごときもの

（歌集『松心火』一九六〇年（昭和三五年））

長澤一作の処女歌集『松心火』を代表する二首です。この歌を発表した当時、作者は二十代の後半でした。二十三歳の若さで結婚し、二人の子供をかかえた貧しい生活のなかにありながら、これらの作品は清潔で明るく、しかも力強い響きをかなでています。

最初の歌は、「飯粒をこぼしながら食べている幼いわが子」という詩の対象に対して、第四句と第五句で「貧の心をやがて知るべし」と突き放して言います。ここでは、特に最後の

「べし」が強い効果を挙げています。

貧困の表現は、おしなべて作者の主観が通俗に流れます。例えば、可哀想だと言ってしまう。そこで通俗小説のようになり、詩ではなくなります。つまりほとんどが失敗作になります。例外は、石川啄木の短歌のみです。

そこを敢えて押し切り、冷酷非情に見えながら、清潔な語感で詩に昇華させています。この青年歌人の覇気と詩的技術が並々でなかったことは明らかです。

二首目の歌は、『風に揺れているコスモスの花群」という詩の対象に対して、中核的な概念を「そよぎ」という抽象名詞に置いています。この作品は具体的事物を抽象名詞で表現するという、同時代の「アララギ」には見られない技術を駆使して、成功しています。成功の秘密は「そよぐ花」という視覚を「声のごとき」と聴覚で代替する短歌的技術にあります。作者の文学上の師・佐藤佐太郎の独創ですが、誰でも真似できるものではありません。その証拠に佐太郎一門の歌人のほとんどが同じ技法を試みて失敗しています。長澤一作が数多い佐太郎門人のなかでも、筆頭高弟の名をほしいままにしたのはこの高い短歌技術です。

この歌集によって、長澤一作は一九六〇年（昭和三五年）に歌壇の芥川賞と呼ばれる第四回現代歌人協会賞を受賞しました。満三十五歳でした。

翌一九六一年（昭和三六年）に佐藤佐太郎の身辺にあって一層の短歌修行に励むために作者は静岡から東京に転居し、歩道同人の斡旋で新たな職を得ます。都市居住の中小企業勤務下級事務員としての生活が始まります。

曇りたる冬の街上に魚屋をり鯖もはらわたもああ鮮やけし

（歌集『條雲』一九六八年（昭和四三年））

盥ひとつ白く乾きて置かれをりまざまざと永き苦しみのごと

第二歌集『條雲』を代表する二首です。この時期の長澤短歌は、作者生得の感傷と高度な写生短歌の技術が見事に噛み合って、あやしい魅力を発散させています。

例えば、一首目の結句「ああ鮮やけし」および、二首目の第四句と第五句に跨る「まざまざと永き苦しみ」という主観語句は、情景を客観的に描写する手段となっていますが、同時に、作者の心情を強く訴えるという二重の音響効果を背負わされています。

さらに、一首目の第二句は八音節、第三句は六音節、第四句は八音節とほとんどが破調です。また一首目の第一句は六音節、第四句は八音節と破調です。土屋文明が昭和十年代に開発した破調短歌と同様、語感に現代的な新しさがあります。

この詠風は同時代の佐太郎短歌に拮抗する魅力を持つと同時に、一種のきわどさを備えています。彼は、この危機をどう克服したでしょうか。

定まりし夜の時刻に聞こえ来る輸送機は兵の死体積むといふ

（歌集『雪境』一九七五年（昭和五〇年））

煤煙のかなた入日の光芒は寒き楕円となりて落ちゆく

びっしりと熟れし林檎は輝きて林檎の老木（おいき）辛うじて立つ

第三歌集『雪境』で長澤一作の短歌は一つの峰を迎えます。作者は四十代の働き盛り、勤務先でも順調に昇進して総務部長となりました。勤務する企業も複写機やコンピュータの付属品を製造する新興企業として成長していきます。一方、歌人としても、一九七〇年（昭和四五年）に、中堅歌人の跳躍台である第四回短歌研究賞を受けて、社会的評価も定まり、精神的に安定した時期でありました。

最初の歌はベトナム戦争を題材にした作品です。立川の米国空軍基地に毎晩一定の時刻になると巨大な輸送機が飛んで来る。その爆音を作者は書斎で聞いている。それだけの作品です。しかし「輸送機は兵の死体積むといふ」と第四句と第五句を八音節と八音節を重複する破調でまとめ、つぶやくように収めている技術が実に巧妙です。特に「いふ」と突き放すところが、非情の美をもたらします。虚無的な美しさがあると同時に、さまざまな連想を誘発します。

二首目は、この作者が自ら開拓した石油化学工業基地の景観を歌った一連の作品群に連なる歌です。齋藤茂吉の飛行機搭乗吟、土屋文明の京浜工業地帯詠、佐藤佐太郎の製鉄工場連作への対抗意識もあったと思います。

「煤煙」は近代工業の忌まわしい負の産物です。そこに都市特有の景観美を見出す作者の詩的冒険は壮大であり、この一首について言えば成功しています。夕日を「寒き楕円」と言い切ったところが成功の秘密です。

三首目は、「びっしりと」という初句にこの時期の作者特有の粘り気のある語感が現れています。もともと非常に清潔な日本語を操る天分に恵まれた詩人でしたが、そこに粘着力が加わります。作者には、「ゆっくりと」という擬音語を用いた秀歌もあります。また結句の「辛うじて立つ」には、初老を迎えた作者の疲労の影も忍び寄っています。

きはまりて黄なる公孫樹はかの坂の空にひびかふごとく乱れつ
（歌集『歴年』一九八〇年（昭和五五年））

咲きさかる桜の若木月光に透きとほりつつ冷えゆくらんか

宙吊りにされし店内の自転車が運命を待つごとく華やぐ
（歌集『冬の暁』一九八五年（昭和六〇年））

さて、長澤一作の晩年の三歌集『歴年』（昭和五五年）、『冬の暁』（昭和六〇年）、および『花季』（昭和六三年）の評価は、大変に難しいと言えます。この時期、作者は大阪証券取引所市場第二部上場を果たした中堅企業の監査役に就任し、佐藤佐太郎と訣別して会員が五百人を超える短歌結社「運河の会」の代表となります。

しかし、方法論的には乱調期に入ります。ここに挙げた三首は、いづれもみずみずしい感傷にあふれた成功作です。全体として、処女歌集への本卦還りが感じられます。

厄介なことに、作者はすでに貧しい無名の青年ではありません。堂々たる会社重役であり、商業誌に特集が組まれる著名歌人です。したがって、一連の作品に漲る「虚無の美」は、作者の実生活から、切断されています。言い換えれば、新境地を切開こうとする専門歌人の技術的冒険が「虚無の美」を生み出しているのです。

第一首目は技術的に完成された作品です。語調に憂愁とエロティシズムがあり、「きはまりて」や「空にひびかふごとく乱れつ」は「一作調」と私が呼ぶ清潔な緊張感があります。「一作ファン」には堪えられない魅力があり、俵万智氏の口語短歌に生理的に反発した文学愛好者を惹きつけました。彼の死後も「運河の会」は門人たちが受け継いでいます。

しかし、歌人・長澤一作としては、二首目の「透きとほり」や三首目の「宙吊り」という奇妙な語感を持った用語に自己の詩人としての運命を賭けたと、私は思います。

この冒険の評価は長澤門下生の歌人諸君が行うべきでありましょう。

吹き荒れし春の嵐は夜もすがら虚空を遠く過ぎつつあらん

二〇一三年（平成二五年）五月一二日、長澤一作が公衆の面前に現れた最後の歌会での作品です。その日の夜、彼は倒れ、一〇月二三日に死去しました。満八七歳でした。

彼が倒れる二時間前に、彼と二人きりになった部屋で、彼は私に真面目な顔で問いかけました。「鵜飼君、虚空という言葉を君はどのように評価するかい」。私は即座に、「賛成できません」と答えました。長澤氏は「そう言うだろうと思った」と呟いて呵呵大笑しました。自信に満ちた哄笑でありました。

（1）本章は以下の論考に大幅な加筆と修正を施したものである。「現代歌人秀歌・長澤一作のうた」、『短歌』（NHK学園・短歌講座）第二一号、一九八六年（昭和六一年九月）、NHK学園、七―八頁。

第一三章　清水房雄論——父の文学——(1)

清水房雄、本名渡辺弘一郎、一九一五年（大正四年）生。旧制東京文理科大学にて漢文学を専攻した後、旧帝国海軍文官として勤務。一九五一年（昭和二六年）より東京都立高校の教員として勤務し、一九七六年（昭和五一年）定年退職。後半の十年は教頭もしくは校長の職にあった。退職後昭和女子大学教授。二〇一七年（平成二九年）死去。

これだけで、すでに人は彼に対してひとつの先入主を持ちうるかもしれない。それは、近代文学の革新的で華やかな印象とはもっとも遠い保守的で厳格な老人の姿である。

しかし、一方、彼は善かれ悪かれ近代短歌の主流を占めてきた写実派の中核ともいうべき文学集団「アララギ」を代表する作家の一人であった。

定年を迎え、かつて青年の日に勤務した九州・小倉を訪れた清水氏は、次のように歌う。

三十五年過ぎて今日見る紫川かなしみふかきひかり湛へつ

三十五年の間に、祖国は敗れ、ふたたび不死鳥のように蘇り、はやくも爛熟の兆を見せんとしている。若かった作者は、さまざまの私的哀歓を体験し、老いて、今ここに在る。早春の光をたたえた川の水に向って哀しんでいるのは作者自身である。しかし感傷は、風景のなかに融けて、もはや生きることの根源的悲哀を暗示している。これが写実をして象徴に至らしむる清水の作詩技術であり、また、近代短歌の正統的方法でもあった。

かつて、久保田正文は、佐藤佐太郎、柴生田稔らを指して、アララギ派の第四世代と呼んだ。私見によれば、近藤芳美氏、高安国世氏らは、第五世代に属するであろう。清水房雄氏はこの第五世代に属しながら、ながく結社「アララギ」の内に沈潜し、その存在が注目されるのは、ようやく昭和四十年代に入ってからのことであった。それには、理由がある。

戦後、「アララギ」は、土屋文明の「生活即文学」という、首尾一貫した主張を覆すに足るだけの歌論を内部から紡ぎ出すことができなかった。図式化して言えば、佐藤佐太郎の『純粋短歌』は右からの文明批判であり、近藤芳美氏の『新しき短歌の規定』、および岡井隆氏の『現代短歌入門』は、左からの文明批判であった。

しかし、この三者は、昭和三十年を相前後して、「アララギ」を離れ、独自の王国を形成するに至る。佐藤氏は「歩道」に、近藤氏は「未来」に、そして岡井氏は前衛歌人の間において神格化された。

この間にあって、多くの「アララギ」の作家は、文明歌論の忠実な実行者となり、何の新風を巻き起こすこともなく、挫折した。

したがって、清水房雄氏が、戦後歌壇にあって、よくその存在を主張し得たのは、彼が長い修練と沈潜の時に耐えて、なお独自の個性を開花させるに至った道程の重みのゆえに他ならないのである。

彼は、旧制東京高等師範学校在学中に五味保義氏の指導のもとに短歌を作り始め、二十三歳の秋に「アララギ」に入会している。しかし、彼の第一歌集『一去集』が公刊されるのは、一九六三年（昭和三八年）、彼はもはや四十八歳であった。

『一去集』のなかに見られる清水房雄氏の個性は、いまだ土屋文明の描く円周から出づることがない。しかし、我々は彼の天性の清潔で健康な詩情を、次のような秀歌のうちに容易に見出すことができるのである。

思ひがけず白く美しき父の手を見つつしばらく言ひがたくをり　（一九四六年）

山かげは行方なき風いくたびか来りて細き幹らひかりぬ　（一九五四年）

さびしみて吾は来しとき湯の谷にひびきつつ散る栗のもみぢ葉　（一九五六年）

みな貧しくして卑屈に学びたりき師範といふ名を憎みながらに　（一九六一年）

彼が、小市民の生活を歌う、きわめて素朴なリアリズム短歌を作り続けながら、文明亜流から脱し得る道は、文明作品から削ぎとられた健全な抒情と、豊かな声調の回復しかなかった。しかし、『一去集』の作品群には、固陋な独断と、読者の理解を拒む狷介さがあって彼の発展を阻んでいた。

そして、悲劇が彼を襲った。一九六二年（昭和三七年）、彼の妻は死ぬ。『一去集』最後の年である。短歌は、機会詩としての威力を、まざまざと我々に見せつける。

すり硝子とほる光に坐りをりいのちのことは仕方なければ

小さくなりし一つ乳房に触れにけり命終りてなほあたたかし

部屋すみの畳に弁当を食ひをはる吾が幼子は涙たれつつ

三人の子三人それぞれにかなしくて飯終るまで吾は見てゐる

蓄積された写実派の言語感が鋭くひらめき、かつての割り切りすぎて詩情に乏しかった弱点はぬぐい去られた。歌壇は、この『一去集』に、第八回現代歌人協会賞をもって報いた。この頃、ジャーナリズムにおいては、長澤一作、玉城徹、片山貞美ら、いわゆる戦中派歌人達が、注目を集めつつあった。しかし、清水房雄氏は、この世代からも距離をおいて、唯一人、大結社「アララギ」の最前線に立たなければならなかったのである。

一九七一年（昭和四六年）、彼は第二歌集『又日々』を公刊した。この歌集において、歌人・清水房雄は自己の詠風を確立したと言うべきであろう。

十二年使ひし眼鏡かけかへてただざびし秋の光にをれば
乾きたる風景のなかの松一木しきりにゆらぎ時うつりゐき
まれまれに心楽しき日もありて春の泥ふみ歩みゆきたり
やはらかき光流れて朝しばらく海かぜの中のひとつひぐらし
耳鳴りのやまぬ一日を眠るかなあたたかき東京に帰り来りて
蚊をうちて暫しありたる宵にして今年の百合のあはき花の香
畳のうへの砂掃きいだしまた眠る海吹く霧の暗くなるまを

彼の作品は、五、七、五、七、七の三十一音節のいずれかの句に、字余り、もしくは、句割れか句跨りを設けて、独特の屈折を起し、いわゆる「七五調の魔」による通俗的音楽性を拒否しながら、しかも豊かな調子を持つという逆説的特色がある。文明没後の「アララギ」にあっては、数少ない鋭敏な声調感を持つ作者として清水氏の個性は傑出していた。

彼の短歌を一貫して支えていた思想は、時代の風潮を信ぜず、かといって、時代を貫流する絶対的権威に依らず、ただ自己の生活経験から得た知恵を頼みとするプラグマティストの哲学である。

彼は現世のさまざまな哀歓に耐える。しかしその忍耐は決して受動的でなく、むしろ、強い自負さえも顕示する。それを、私は「父の文学」と呼んだ。私は清水房雄氏の短歌が、写実派の未来を切り開くものとは考えない。「生活即文学」という土屋文明の主張にも組しない。しかし、彼の作品が、戦後の詩や、小説が喪失した父の姿を、豊かに内蔵していることに、強い深い慰めを見出したのである。

一九七六年（昭和五一年）、清水氏は第三歌集『風谷』を公刊した。その個性はいよいよ深く、声調は重さを加えて、しかもどこか自由であった。

三人めの妻として吾に来しものを幼子いだきかなしげに見ゆ

遠くまで木々しづまりて見ゆるころ谷わたり来る寒き雲ひとつ

今宵しきりに物とり落しあやしくも病みそめし頃の亡き妻思ほゆ

いま一人の吾あり長きかなしみに耐へゆく吾を傍観したり

或ときは谷ふく風の遠くふきかわき疲れし木群木群のこゑ

雨のあとさむき夕べを燈ともる町マタタビの粉買ひて持ちたり

私は、『風谷』以後の清水氏の七冊の歌集全てをご恵投賜る恩恵に浴した。清水氏の愛弟が、旧制東京商科大学（一橋大学の前身）を卒業されたことが理由である。愛弟と同窓の私に、強い親しみの念を抱かれたのである。

しかし、もはや、そこに現代短歌に新風を吹き込む覇気を見ることは出来なかった。結社「アララギ」は、一九九七年（平成九年）末解散した。第十四歌集『蹌踉途上吟』（二〇〇九年・平成二一年）より一首を引く。

いづこより来るさびしさか夏椿咲きちる庭にむかふ日頃を

（1）本章は以下の論考に大幅な修正を加えたものである。「現代短歌作品論・清水房雄・父の文学」、『短歌』（角川書店）第二四巻第八号、一九七七年（昭和五二年）七月増刊号、三一二頁。

第二四章　北原白秋歌集『桐の花』寸感

――風俗としてのヨーロッパ――（1）

『桐の花』を読み終って当時のヨーロッパの文物が違和感なく短歌一首の中に表現されているることに驚いた。したがって、私は白秋の自由詩と短歌作品との間に、彼自身が主張している懸隔を認めることが出来なかったのである。

金口の露西亜煙草のけむりよりなほゆるやかに燃ゆるわが恋

かはたれのローデンバッハ芥子の花ほのかに過ぎし夏はなつかし

これらの優れた作品からは、同世代の土岐哀果や石川啄木の持っていた社会主義への関心が全く削ぎ落されている。しかし、詩人として北原白秋のように生きることは悪いことではない。惜しむらくは彼が自己の類廃を支えるに足るだけの強靱な意志を持ち得なかったことである。難しいところであろう。

指さきのあるかなきかの青き傷それにも夏は染みて光りぬ

柔らかき光の中にあをあをと脚ふるはして暗く蟲もあり

ひいやりと剃刀ひとつ落ちてあり鶏頭の花黄なる庭さき

これらの秀作の、感覚の鋭さ、細かく震える声調は白秋の独創である。表現が軽く洒落ている点は、後代のアララギ系の重い作品には見られぬすぐれた特色である。

キリスト教ともマルクス主義とも全く無縁でありながら、同時代のヨーロッパの文物を巧に作品の中へ取り入れる才能は、あたかも今日の広告宣伝事業における有能なコピーライターを思わせるものがある。

天才と言うべきである。しかし、私はこういう天才を好まない。

（1）初出。「風俗としてのヨーロッパ」、『短歌現代』、一九八一年（昭和五六年）五月号、短歌新聞社、八八頁。

第二五章　文学的怪物（1）

——講談社『昭和万葉集』を評す——

一九七六年（昭和五一年）前後のことである。講談社の社員の方から『昭和万葉集』に作品を提出せよとのお葉書をいただいた。生来の狷介から打捨てたままに時が経った。だが、今ここに第一回の配本、すなわち一九四一年（昭和十六年）から一九四五年（昭和二十年）までの、主として戦争に関係した作品群を読んで、一種異様の感に打たれた。これは奇妙な歌集である。

私が作品の提出に何の興味も示さなかったのは詞華集一般に対する嫌悪の情からに過ぎない。「俺は他の詩人とは違うのだ。一緒にするな」という自覚が笑うべき錯覚に過ぎぬことは私もよく承知しているが、せめて文学の世界でこの我儘を通したいと願うのも私の自由である。

そういう私の眼から見れば、この一巻は恐るべき歌集である。新聞の小見出しよろしく煽情的な題をつけられて、事項別、編年体にならんでいる作品は、すべてその作者名を削除して一向にかまわぬのである。否、むしろこの擬似的な匿名性にこの歌集の非常な迫力があると言ってよい。私は自己の狷介不羈を神に謝した。

コンピュータを駆使し、九人の選者を動員して、作りあげられた膨大な作品群は、現代の文学的怪物となりはてている。誰もこういう本を作ろうとは思わなかったに違いない。しかし、出来てしまったものは、文学とも民俗資料ともつかぬ奇怪な書籍である。

この『昭和万葉集』巻六の前後数巻、すなわち、日支事変勃発からサンフランシスコ講和までの数巻は、おそらく非常に売れるであろう。講談社ではすでに十四万部を売り尽し、目標を二十万部に置いているという。このことは、とりもなおさず、昭和十年代の戦争とこれに続く敗戦後の混乱が、日本人にとって忘れ難い経験であったということである。

また、戦争を経験せぬ青年にとっては、自発的にせよ非自発的にせよ、自己の属する組織のために戦って殺されたり殺したりすることが未知の鮮烈な魅力となって迫ってくることは明らかである。

大義名分さえあれば人は他人を殺す。ヴェトナム戦争しかり、カンボジア内乱しかり、イラン革命しかり。この歌集を見よ、私たちの父は皆、人殺しである。しかしこの人殺しの、何と人の心をゆさぶることであろうか。

ひきよせて寄り添ふごとく刺ししかば声も立てなくくづほれて伏す

（宮柊二）

もちろん、歌集全体を見渡せば、箸にも棒にもかからぬ下手くそな歌もあれば、舌を巻く上手い歌もある。しかし、私にはそういうことが全く気にならなかった。大歌人・齋藤茂吉も群衆のなかの一人になってふんどしを洗っているに過ぎない。

この歌集全篇にわたって作者名はどうでも良いのだ。全作者を読人不知としなかったのが不思議なくらいである。英雄、詩人、愚者、聖人、佞人、姦物、美女、謀反人、まさしく三国志演義を読むごとく、現れては消えてゆく。読み終って私は満足し、豚のごとく眠った。

さて、これは文学の書であるか。これが私の最後の問いである。私はこれに答える明知を持たない。

（1）初出。「文学的怪物」、『短歌現代』、一九七九年（昭和五四年）八月号、短歌新聞社、九〇頁。

第二六章　歩道短歌会の創業と分裂

雑誌『歩道』創刊の経緯は謎に包まれている。理由は簡単で原典が平成二九年（二〇一七年）現在殆ど散逸しているからである。

私は歩道短歌会員であった菅原峻氏（一九二六―二〇一一）が機械複写し、暗赤色の布表紙で表装した厚紙で製本した複本を所有している。第一分冊は昭和二〇年（一九四五年）発行の第一巻四号分、第二分冊は昭和二一年（一九四六年）発行の第二巻八号分、第三分冊は昭和二二年（一九四七年）発行の第三巻七号分及び第四巻第一号である。各巻の号数が不揃いな原因は合併号が多数存在するためである。

昭和五一年（一九七六年）頃に十数部を製本して当時歌壇で活躍中の友人たちに菅原氏が手交された。私は最年少の友人だった。

すべて敗戦前後にざら紙と呼ばれた機械パルプと化学パルプを混合させて生産された安価

で薄く粗悪な紙に謄写印刷されている。(1)

創刊号は、印刷が昭和二〇年四月二五日、発行は昭和二〇年とあるのみで月日の記載はない。編輯兼発行人は光橋正起（一九四六年没）、発行所は東京都芝区田町九番地歩道短歌会である。B二九大型爆撃機三二四機が出撃して、三八万発の爆弾を深川区、本所区、浅草区、日本橋区、城東区、芝区などに投下し、非戦闘員の日本国民を一二万人殺害し、負傷させた（警視庁資料）のは同年三月一〇日未明のことであった。以後、四月に二回、五月に二回の大規模な米国空軍による東京爆撃が実施されている。

このような時期に粗末な雑誌を創刊した歩道短歌会同人の思いは私の想像を越えている。関口登記（内藤登紀子・佐倉登紀）、角谷辰雄、若林伸行、長沢賀寿作（後の長澤一作）、角田智、齊藤清子、井上雅道、光橋正起、渡辺たけの同人九名のうち歌人として文学史に名前を刻まれたのは長澤一作（一九二六―二〇一三）のみである。(2)

注目すべきことは佐藤佐太郎の名前が同人にないことである。作品の掲載もない。巻頭に「観入の態度」と題した八〇〇余字の佐太郎の小文が掲げられているのみである。中身は齋藤茂吉の「實相觀入」理論の祖述である。掲載作品は同人八名の一三九首。渡辺たけの作品はない。佐太郎の巻頭文、作品欄の後に、齋藤茂吉歌集『暁紅』合評四頁と会員消息と編輯後記が続く。縦書二段組全一六頁である。

会員消息は緊迫した語気である。◯佐藤先生御家族三月下旬北九州へ疎開、四月上旬反転して茨城縣平潟町へ移られました。◯井上雅道氏三月二拾六日千葉縣佐倉へ無事入隊。◯角田智氏もつづいて四月一日静岡に入隊されました。

来るべき本土決戦で死ぬことが確実な青年たちは、なぜ短歌のような小詩形に打ち込んだのか。なぜ弱冠三五歳の佐藤佐太郎を盟主に仰いで蹶起したのか。

結社「アララギ」の他の多くの青年の心を捉らえたのは『渡邊直己歌集』（一九四〇年・昭和一五年・呉アララギ会）だった。少なくとも近藤芳美はそうだ。(3)

照準つけしままの姿勢に息絶えし少年もありき敵陣の中に

涙拭ひて逆襲し来る敵兵は髪長き広西学生軍なりき

だが、陸軍中尉・渡邊直己（一九〇八―一九三九）に対して、一歳年少の地方人(4)・佐藤佐太郎は、歌集『しろたへ』（一九四四年・昭和一九年・青磁社）で静かに歌う。

幼子のもてあそべるは山茶花のはなびらにしてかすかの香あり

充ち足らへる人のたもたむ幸といへど心畏れなき人もたもたむ

米国空軍の焼夷弾が降り注ぐなかで青年たちは佐藤佐太郎を選んだ。「歩道」を作ったのは俺たちだ、と創刊同人中最後の生き残りとなった長澤一作が思っても無理はない。

さて、雑誌『歩道』第一巻第二号の発行は昭和二〇年七月二五日、第一巻第三号の発行は昭和二〇年一〇月二一日、第一巻第四号の発行は昭和二〇年一一月二一日である。第二号には佐太郎の歌も文章もない。

第二号の会員消息は悲惨を極める。○長澤賀寿作氏。浜松爆撃にて又罹災。消息不明。○齊藤清子氏。五月二五日罹災新潟縣蒲原郡へ疎開の予定の由。○井上雅道氏。返信なく消息不明。編輯後記で光橋正起は言う。「小生宅も二五日爆撃にて炎上。折角集めた用紙二千枚原紙を三十枚綺麗に焼失。一時はガッカリしたがその後奔走の結果用紙も原紙も入手出来第二号も出せる様になりました」。

奔走の結果資材を手に入れたと書いてあるが、その困難は想像を絶する。戦時統制経済の下では、公定価格を上回る金を出せば謄写原紙（表面に蝋を塗った透明紙）もざら紙も手に入る。しかし、光橋は二十歳になったばかりの青年で姉と暮らしていた。貧乏である。恐らく食費も削り、ぼろぼろの服を着て、東京下町の印刷屋や製本屋を訪ね歩き、懇願して、なけなしの金をはたいて手に入れたのであろう。

第三号に至って、佐藤佐太郎の作品が初めて掲載される。「国土」十首である。

武装なき国土のうへにとこしへの光は満ちて栄えざらめや

ことごとく静かになりし山河は彼の飛行機のうへより見えむ

あかあかと燃ゆる火なかにさくといふ優鉢羅華をぞ一たび思ふ

味噌汁をあたたかに煮てすするときわが幸は立ち帰り来む

昭和二〇年八月一五日、大日本帝国無条件降伏を受けての歌である。翌年改作されて歌集

『立房』（一九四七年・永言社）に収められた。「国土」十首は悲哀に満ちている。恩師・齋藤茂吉は戦争犯罪人として裁かれるかも知れないのだ。フランスの詩人小説家ピエール・ウジェーヌ・ドリュ・ラ・ロシェル[5]はシャルル・ド・ゴールが率いたフランス共和国臨時政府が逮捕状を発令した後、死刑を恐れて自殺した。

日本共産党が再建され、徳田球一が書記長に就任して日本人民共和国を夢見たのは同年一二月、日本は革命前夜を想起させる激動の最中であった。

だが、筆頭同人関口登記（内藤登紀子・佐倉登紀）（一九一六年―二〇〇七年）は歌う。

ことごとく家なくなりし街のあと貨車のとほれる堤があをし

美しく強い響きを持つ短歌を作ろうという青年たちの刻苦勉励は敗戦を経て全く揺らいでいない。私は近藤芳美の敗戦直後の作品を読んだことがある。緊張に満ちて美しく、戦争責任者を断罪する語気の鋭さは尋常ではない。戦後歌壇が近藤に席巻された理由が納得できた。

このような歌壇の状況にあって清く正しく美しい短歌を作り続けることに何の意味がある

か。この問に対する佐太郎の答は苛烈を極めた。

第三号冒頭には「角田辰雄氏ハ十月一日附除名ス」とある。結社「歩道」の病弊とも言うべき異端者排除はここに始まる。

続く第四号出詠者は佐藤佐太郎を巻頭に置いて一四名。編輯後記で光橋正起は書く。

「三十一字の定型短歌による芸術表現をささやかな生涯の伴侶とし、常に純粋なる精神の所有者として、おほらかな万葉の世の人々の如く素朴に高貴なものをもちつつこの現世を歩んでゆきたい」。

佐藤佐太郎はこういう青年たちに盟主として担がれたのだ。光橋正起は翌年末、気管支喘息を治癒させるために外科手術を受け、失敗して、慶應義塾大学病院で死んだ。

三七年後、光橋の親友・長澤一作はハーバード大学に学んでいた私宛に走り書きの手紙を郵送した。手紙を抜粋する。

「小生ようやく歩道を離れて、新雑誌『運河』を創刊する決心をした」。

「いい仕事を仕上げて早く帰国されたし。そうしてわが戦列に早く加わって貰いたい。」

菅原峻と川島喜代詩は戦列に参加した。田中子之吉も尾崎左永子も山内照夫も内藤登紀子も参加した。残余の有名歌人は板宮清治、秋葉四郎のみであった。門弟二千を擁しローマ帝国のごとく繁栄した大結社「歩道」は創業時の俊英歌人の多くを失い、ゆっくりと静かに衰退の坂を滑り落ちて行くのである。(6)

(1) 謄写印刷は活版印刷が高価な時代に安価な印刷方式として普及した。当初は印刷原紙に鉄筆で楷書文字を書き、インクを塗った回転軸で原紙を圧迫して、白紙にインクを滲ませる方式であった。熟練した職人ならば千枚以上印刷可能であった。また百枚前後ならば素人も手軽に印刷出来るので昭和五〇年ごろまで存在していた。帝国陸海軍の作戦案も一部は謄写印刷であった。

(2) 昭和二一年から二二年にかけて歩道短歌会は、土屋文明に飽き足りない「アララギ」青年の巣窟となり、反乱軍拠点の観を呈した。田中子之吉(一七歳で入会)、尾崎左永子(一七歳で入会)、山内照夫(一九歳で入会)、山本成雄(二一歳で入会)、菅原峻(二一歳で入会)。この人々は全員後に現代歌人協会会員に推薦された。歩道軍団と恐れられた論客たちである。

(3) 渡邊直己が旧制広島高等師範学校の卒業生であり、近藤芳美は旧制広島県立第二中学校及び旧制広島高校の卒業生であることも近藤が渡邊に深い関心を抱いた理由であろう。

(4) 昭和前期の日本軍人は皇道派の陸軍軍人たちの思想的影響を受けて民間人を「地方人」と呼んだ。軍人が民間人よりも知的にも道徳的にも優れているというプロイセン王国の神話の影響がある。勿論欧米留学の経験がある知的軍人たちはこの呼称を嫌った。しかし昭和十年以後、民間人を地方人と呼ぶことは軍人の間で普通となった。

（5）Pierre Eugène Drieu La Rochelle. 一八九三―一九四五。フランス・ファシズムを代表する詩人。

（6）最盛期の運河の会は会員が千人を越え、一九八七年の佐藤佐太郎亡き後は歩道短歌会に肉迫する大短歌結社であった。会の文学的衰退は一九九四年に編集委員の世代交代に失敗した直後から始まる。

第二七章　高野公彦の技術(1)

友人一人書斎に来て問う。「鵜飼君、高野公彦の歌はどうなの」。笑ってこれに答える。「うまいよ。北原白秋の系譜の中では一番うまいだろう。『短歌』（角川学芸出版）の十二月号に公表した二十八首も詩的技術は高い」。

思ひ出の中を、海辺をゆく日傘　日傘の下の顔見えなくに

「エッこれがうまいのか。日傘の下の顔見えなくに、という第四句と第五句の発見は悪くない。しかし、第一句、第二句、第三句は言葉がひどく詰まっているじゃないか。これは句割れと句跨りだろう。本来なら、思い出の、で切れて、中を海辺を、で切れて、ゆく日傘と切れる。五句各々の意味と響きが一致していないので、現代詩を読まされているようだ」。

「それは、俺たちが言葉の朗々たる響きを重視した佐藤佐太郎の直弟子だからさ。俺たちの作品の響きは他の系譜の歌人たちから見れば重苦しい。一方、彼の言葉の響きは一語一語が洗練されている。声に出して読めば分る。ひとつも卑俗な音がない」。

「なぜ、読点をわざと付けたり、空白を入れるのだ。與謝野鉄幹の真似だ。短歌は一気に読み下す方法が最も優れている。息をつぐところは意味で暗示する」。

「詩人バイロンやハイネに憧れた與謝野鉄幹にとって詩と短歌の区別はない。俺は句点や読点を短歌に用いるのは煩わしいと思う。しかし、短歌が最先端の文学であるためには新しい工夫が必要だ。高野は、思い出の、で一旦終わる読者の思考を切断して、強引に、思い出の中を、まで読ませたいのだ。したがって、読者は日傘をさして歩いている人が実景なのか、回想なのか混乱する。現代詩は読者の感覚だけでなく知性に働きかける。高野作品も読者に考えさせる、と言う意味で現代詩的だ。次の作品も面白い」。

穂すすきの穂のうへ深き空の奥に人らひつそり〈無重力〉を生く

「確かに人らひっそり〈無重力〉を生く、という表現は日常の不安感を表現する技術としてうまいな。私は不安だ、と直接に言うよりも詩的効果が大きい。第三句をわざと、空の奥、と五音節にせずに、空の奥に、と六音節にしているところも、全体の発音バランスとして巧妙だ。しかし、五句三十一音節の言語の響きのどこに中心があるのだ。声調が平淡で単調過ぎる。短歌は言葉の集中的な響きが生命だ。佐太郎先生の著作集をもう一度読め」。

「先生は偉い。でも俺は響きが最優先とは思わない。四十三歳で英国に留学するまでは君と同じ考えだった。しかし、詩は意味も大事だ。アララギ派の優れた作品のなかには外国語に翻訳すると一気にその輝きを失う作品がある。声調にだけ頼る技術は危険だ」。

「君は、文学を研究するためにオックスフォード大学に留学したのか。やれやれ。だから茂吉全集と白秋全集を書棚に並べているのか。だが同志鵜飼、齋藤茂吉の言葉は深くて鋭い。北原白秋の言葉は華麗だが浅い」。

「白秋は言語芸術の天才だ。詩、小説、歌謡、往くところ可ならざるはなし。しかし、意味の深さは弟子宮柊二の方が勝っている。高野公彦は宮柊二作品の意味の深さを受け継いでいる。深刻な意味を込めて、軽い言葉を操る。第九歌集で彼の技法は円熟した」。

曇り日の蜥蜴の去りし石のうへ蜥蜴の青銀(あをのぎん)残りたり　（歌集『水苑』）

「確かにうまいな。五句の言葉のやりくりも無理がない。しかし、青銀（あをのぎん）とはわざとらしくないか」。

「これは白秋系歌人の音感だ。俺たちは、三原色を強い語感で強調する。彼らは豪華絢爛たる色彩を駆使して繊細な感覚を出す。これは音感の戦争だ。そもそも高野公彦は若い時から深刻で重い言葉の調べを嫌った人だ。友人・小野茂樹が交通事故で死んだ時の挽歌も声調は淡い」。

炉を出でし真白き骨に近づくにあたたかし君添ひ立つごと　（歌集『汽水の光』）

「あたたかし、と表現して、熱き、と表現しない箇所が、若い癖に奇妙なほど冷静な挽歌だな」。

「高野の覚悟だ。彼の歌の意味は年齢とともに深刻になって行く。一方、言葉の響きをどんどん軽くしている。紀貫之ならば、言葉すずやか、と評するだろう」。

（1）初出。「高野公彦の技術・言葉すずやかに意味ふかし」、『短歌』（角川学芸出版）、第六〇巻第三号、二〇一三年（平成二五年）、二月、五〇―五一頁。

第二八章　小林昇全歌集『歴世』を評す(1)

拝啓　このたびは、全歌集『歴世』(不識書院)をご恵投いただき、ありがとうございました。お若いころの歌に心ひかれました。

地下街を出でむとしつつ見上げたる空みぞれして柳ゆれゐき　(一六頁)

夕刊にポケットふくらませ帰りゆく落ち付かず小銭ばかり使ひぬ　(二四頁)

文学史的には、詞華集『新風十人』(一九四〇年・昭和一五年)に後続する世代にて、佐藤佐太郎、前川佐美雄らと同様の、語句の高度な緊迫感を感じました。このあたりの諸作品は充分当時の歌壇の中心におられたと存じます。

世評のみ高くいまだ拝読の栄を得なかった歌集『越南悲歌』はいずれも力作ぞろいにて感服いたしました。されど、渡邊直己や宮柊二の戦場詠を読んでしまった者としては、歌壇的に出版時期が遅きに失した憾みがございます。敗戦直後に出版なさるべきでした。

熊谷尚夫先生は関西大学の同僚としてお茶の時間に東大での指導教授であられた河合栄治郎先生の逸話をよく伺いました。熊谷先生を詠まれた歌を懐かしく拝見しました。

経済学説史に、堂々たるお仕事をなされた現在、ご自分の詩業が文学史的にどのような位置を占めるかにご関心がおありかと思い、ここに総括申し上げます。

小林昇歌集『歴世』は、南原繁歌集『形相』、大塚金之助歌集『人民』、高田保馬歌集『ふるさと』などと同じく、明治維新以後に欧米思想と格闘した知識人の歌集に属するかと存じます。いくつかの歌はひそかに心ある日本人に愛されるであろうと存じます。

経済学研究者として歌壇とどのように交際するかは大変難しいところでございます。私自身は、アララギの系列に属する歩道と運河に所属しておりました。商業雑誌や大新聞からの歌作の注文を断った時期は十五年に及びました。今ふたたび歌壇の人となり、歌壇には歌壇の緊迫感があると感じております。互いに「馬鹿め」と思いながら、言葉で戦っている緊張は学界と同様でございます。

文学の師・佐藤佐太郎は、文壇との交際を絶って医学の研究に専念した後の木下杢太郎の作品を「古い」と切って捨てました。一方、物理学者で俳人の有馬朗人先生は、「寺田寅彦が随筆に手を染めなかったらノーベル物理学賞の候補になれたろう」と仰いました。どんなに苦しくとも、専門家との交際から逃げないことが経済学でも短歌でも必要かと存じます。

こころゆたかな老年の日々をお祈り申し上げます。学士院にて三宅一郎先生（政治学）にお会いになられれば、よろしくお伝えくださいませ。三宅先生は拙著のよい読者でございました。

敬具

平成十八年一月二十四日

小林昇先生　御机下

（1）本章は私信である。小林昇氏は一九一六年生、二〇一〇年死。東京帝国大学卒。日本学士院賞受賞。歴史学派の巨人フリードリッヒ・リストの研究で世界的に著名。日本学士院会員。歌集三冊を公刊。面識はなく、安井琢磨氏（文化勲章受章者）が主催された研究会に参加したときに、歌人としての側面を伝聞したのみである。歌集を私に恵投された理由は東大同窓の熊谷尚夫・大阪大学名誉教授のご推薦であった。

第二九章　今西幹一『佐藤佐太郎短歌の研究』を評す(1)

今西幹一氏は、日本文芸の研究者のなかでいち早く佐藤佐太郎の文学に着目し、その体系的研究によって、関西学院大学文学博士の学位を得た。

戦後アララギの旗手によって、「思想的白痴」と酷評された佐太郎の文学を研究対象に取り上げることに、どれほどの勇気を必要としたかは、想像するに難くない。マルクス経済学研究が知識人の義務であった時代に、あえて近代経済学を専攻した学者の一人として、氏の学問的勇気を高く評価したい。

本書は、総説、序章、第一章において、佐太郎の文学の独創性と、文学成立時の社会的動向を概括し、第二章において佐太郎文学全体の展観を行い、第三章において十三に及ぶ歌集の詳細な分析を行っている。

評者がとくに注目したのは、歌集『地表』と『群丘』の分析である。上田三四二の擁護、木俣修の批判、長澤一作の称揚といった商業文芸誌からの引用を駆使しながら、今西氏は少しずつ気がつきはじめる。佐太郎短歌の歴史性、社会性、思想性の欠如が、実はその文学の最強の武器であった逆説的真実に。緻密な文芸学の手法がこの発見を氏にもたらす。学者冥利に尽きるとはこのことではないか。

今西氏は、日本漢文学の世界的研究拠点である二松学舎大学の学長となり大学教授の頂点を極めた。だが、研究者として氏が残生をかけて明らかにすべきことは、「なぜ自分は青年の日に佐太郎文学に惹かれたのか」という疑問を抱き、これに学問的に答えることである。なぜ宮柊二ではなかったのか。なぜ近藤芳美ではなかったのか。この大著はその魁である。佐太郎最晩年の弟子である評者は後続の二巻を期して待つ。

（1）初出。「書評・今西幹一著『佐藤佐太郎短歌の研究』」、『短歌』（角川学芸出版）、第五五巻第六号、二〇〇八年（平成二〇年）五月、二一五頁

第三〇章　書評・柏崎驍二『宮柊二の歌三六五首』(1)

一九四九年（昭和二十四年）四月、宮柊二歌集『山西省』が公刊された。「これが北原白秋の最愛の弟子の作品か」と驚くほど、声調は陰々滅々として暗い。だがこれは日本文学の金字塔だ。『山西省』に至って宮柊二の愛弟子であった著者柏崎氏の筆はにわかに生彩を帯びる。

耳を切りしヴァン・ゴッホを思ひ孤独を思ひ戦争と個人をおもひて眠らず
（『山西省』）

柏崎氏は宮柊二の詞書を付して、宮が入院した戦場の病院に友人三名がステファン・ポラチェックのゴッホ伝を同時に送ってきたことを読者に教える。

戦争中の日本帝国陸軍の検閲は、思想書や哲学書に厳しかった。だから戦死を覚悟した青年詩人たちは芸術至上主義にすがるしかなかった。誰もが納得して死にたい。

著者は最後に「著しい破調の歌」と書いて批評を切る。私は「憎い奴だ」と嘆息した。破調だから欠点のある歌か。そうではない。柏崎は、沈黙のなかで心ある読者に告げる。「破調だからこの歌は美しい」と。

一首は、六・九・七・九・八の三十九音節である。五句三十一音節の定型は完全に崩壊している。しかし、これは短歌だ。土屋文明の連作「鶴見臨港鉄道」（昭和六年）の冒険に匹敵する傑作だ。

蝋燭の長き炎のかがやきて揺れたるごとき若き代(よ)過ぎぬ

（『日本挽歌』）

柏崎氏は「序詞に似た長い修飾句。この長い比喩が歌の中心になっていて、作者の美感がここに集約されている」と書く。

定型詩において、長い修飾句は通常避けるべきだ。優れた俳句のように、寸鉄人を刺すのが短い定型詩の醍醐味だ。だが、一方で、悠々たる言葉の響きに敏感であることももうひとつの詩人の資質だ。北原白秋にも釈迢空にもない悠々たる言葉の響きを宮柊二の作品はときにもつ。柏崎氏は、心ある読者に、眼光紙背に徹して読め、とささやく。

空ひびき土ひびきして吹雪する寂しき国ぞわが生れぐに

（『藤棚の下の小室』）

ここでもさりげなく柏崎氏は新潟県堀之内小学校歌碑の改作〈空ひびき土ひびきして雪吹ぶくさびしき国ぞわが生まれぐに〉をあげて紹介を終わる。再び言う。憎い奴だ、柏崎。「原作も魅力的だが、私は改作のほうが好きだ」と、彼は言っているのだ。

宮柊二は良い弟子を持った。天賦の鋭敏な言語感を持つ著者には処女歌集『読書少年』（一九八三年・昭和五八年）を拝受して以来三十年にわたり恩恵を受けた。今回は、批評にも並々ならぬ能力を持っておられることを知った。謙虚で奥が深い。

私は、推理小説を読むごとく、本書に耽溺し、満足し、熟睡した。

（1）初出。「書評・柏崎驍二著『宮柊二の歌三六五首』」、『短歌』（角川学芸出版）、第六〇巻第九号、二〇一三年（平成二五年）八月、一七五頁。

第三一章　歌壇時評・一九八三年――一九八四年

一　寺山修司の死(1)

一九八三年（昭和五八年）五月四日、寺山修司が死んだ。死因は急性腹膜炎であるが、ながく肝硬変に苦しんだと言う。満四十七歳であった。

寺山修司の歌人としての活動は、一九七一年（昭和四六年）一月、風土社より刊行した『寺山修司全歌集』をもって終る。しかし、一九六五年を前後として、彼は戯曲家として多忙になったので、歌人としての実質的活動期は十代後半から二十代に限られると言っても過言ではない。

森駈けてきてほてりたるわが頰をうずめんとするに紫陽花くらし

煙草くさき国語教師が言うときに明日という語は最もかなし

わがカヌーさみしからずや幾たびも他人の夢を川ぎしとして

これらは、寺山修司十六歳の日々の作品である。石川啄木、中原中也、立原道造らの若くして死んだ詩人達に特有の語感をここに感ぜざるを得ない。鋭い感覚も少年じみた演技も、のびのびとした言語配置に溶けこんで、奇怪に思えないのである。啄木のように二十八歳で死んでしまえば、天才の名をほしいままにしていたことだろう。しかし、彼は死ななかった。いや、死ねなかったのだ。彼の作品は次第に卑俗になり、下手になって行った。

マッチ擦るつかのまの海に霧ふかし身捨つるほどの祖国はありや

（『空には本』）

売りにゆく柱時計がふいに鳴る横抱きにして枯野ゆくとき

（『田園に死す』）

文学史上で見れば、寺山は、塚本邦雄と同じく短歌における直接の自己告白を拒否した歌人であった。それが戦後「アララギ」、とくに、土屋文明の亜流に向けられたものであったことは明らかである。しかし、芸術における演技と告白の相互依存関係は寺山の考えていたように単純なものではない。

たとえば、もっとも自己自身から自由であるべき俳優の生活を見よ。演技が真に迫れば迫るほど観客は、俳優にその演技のごとき生活を強いて止まぬではないか。マリリン・モンローもジーン・ハーロウもその逆説のなかで醜く死んだのである。

一方、齋藤茂吉を見よ。永井ふさ子との恋愛も、国運を賭けた戦争も、戦後社会の混乱も、今となっては、この大詩人に食いつぶされた素材としか私には思えぬのである。告白によって詩人は演技していたのだ。恐しい話ではないか。

寺山修司の悲劇は、告白歌人としての天才に恵まれながら、言語の魔術師として自己を離れたところに詩を成立せしめんとした態度にあった、と私は思う。伝奇小説のようなおどろしい世界、それをめざして、失敗して、二度と立ち上れずに、彼は死んだ。

わが天使なるやも知れぬ小雀を撃ちて硝煙嗅ぎつつ帰る

（『テーブルの上の荒野』）

二　みんな同じに見えます(2)

晋樹隆彦氏から『モンキートレインに乗って―昭和十九年の会アンソロジー―』(短歌新聞社)を送って来た。短歌十四編、俳句二編、詩一編、十七名の三十八、九歳の男女の作品群を読み終えて些か憂鬱になった。どれもこれも同じような作風なのである。

エレベーターの中に流せる鳥の声聞きつつ十階へ運ばれてゆく　(中村節子)

枇杷の実の色づくまでを目守りきぬ昼の時間の楽しみとして　(大島史洋)

雨の音に押し包まれて眠りたり山はしぶきのごとき芽吹きぞ　(斎藤佐智子)

となりたる部屋にしばしば鳴る電話壁をとほしてかすかにきこゆ　(外塚喬)

ひもとけば詩史もわれらもありふれて叶わざること希いいたる……や　(三枝昻之)

目につくままに、出来のよい作品を拾ってゆくと、「はて、これはアララギの中堅歌人の勉強会かな」と首をかしげる。

一番生きの好い三枝昻之でも想像力の跳躍距離がひどく短くなっている。革命青年も四十の声を聞くと衰えるものだ。主義主張において新旧のマルクス主義を振り回し、技法において暗喩と直喩を多用し、語気において切迫を愛し、戦後アララギの無味乾燥な生活詠を叩き伏せたのを前衛短歌と言うのである。この意味で佐藤佐太郎と塚本邦雄は主義主張を越えて分り合う部分があった。岡井隆氏が佐太郎の短歌を蛇にたとえたのも、何となく不気味だということに他ならない。だが、彼等は仲良く酒を飲んだりはしなかった。むしろ熾烈に殴り合ったではないか。いかに天才に恵まれようと、主義主張において、技法において、生活様式において、自己と対極にある好敵手の存在なくしては、諸君は詩人となり得ぬのである。私の危惧は、すでに明らかであろう。様々な作風を持った作者がひしめいていないと、短歌は結局滅ぶのである。

今、私の机上に一九五六年（昭和三一年）七月、『短歌』（角川書店）の編集した「戦後新鋭百人集」がある。ひろげて驚くのはその多様性である。百花斉放と言いたいところだが、何のことはない、百鬼夜行だ。皆俺が一番偉いとそりくりかえっている。

母の内に暗く拡がる原野ありそこ行くときのわれ鉛の兵　（岡井　隆）

わが胸より黄に澄む水を採りてゐる君の指先はいたく荒れたり　（相良　宏）

ジョセフィヌ・バケル唄へりてのひらの火傷に泡をふくオキシフル　（塚本邦雄）

コスモスの花群に風わたるとき花らのそよぎ声のごときもの　（長澤一作）

音たかく夜空に花火うち開きわれは隈なく奪はれてゐる　（中城ふみ子）

装甲車のライト冷然と照らす中武器持たぬわれら旗によりゆく　（吉田漱）

他人と違うことを恐れるな。似ていることを恐れよ。それが詩人を作るのである。

三　人格の独立[3]

つかこうへいの小説『蒲田行進曲』（一九八一年・昭和五六年）を出張先のホテルで読んだ。同じ題名の戯曲、劇、映画のいずれも見ていないが、小説として大変おもしろかった。二流から一流になりかけている銀ちゃんという映画俳優と、彼の切られ役や殴られ役を演じて来たヤスという大部屋俳優、および銀ちゃんの情婦である元有名女優の三角関係を描いた小説である。

銀ちゃんはいつも手荒くヤスを苛めるのであるが、ヤスは苛められれば苛められるほど銀ちゃんの生き方のなかにある強さと美しさに惹かれていく。

ところが、妊娠した銀ちゃんの情婦をヤスが銀ちゃんから押しつけられて、結婚する破目になり、二人の男同士の信頼関係が崩れ始める。初めはヤスを嫌っていた女が次第に彼を愛し始めるようになると、ヤスは女に暴力を振うようになる。女は家出をし、ヤスは銀ちゃんのために危険な役を買って出て撮影場で死ぬ。ただし死は暗示されているのみだ。

筋を言ってしまえば簡単である。だが、現代の舌足らずの饒舌体と風俗をからめて笑いながら読んでゆく内に鬼気迫る結末となる。つかこうへいの才能に感服した。

ヤスと銀ちゃんの関係は、擬似的同性愛であり、サディストとマゾヒストの関係である。現代日本の大都会の一杯飲屋に行って見るがよい。こういう関係はいくらでもころがっている。

ヤスは銀ちゃんの強さに憧れている。しかし、彼は、銀ちゃんを踏み倒して一流の俳優になろうとはしない。ヤスは銀ちゃんに殴られながら、彼に次から次へと女を紹介したり、借金を肩がわりしてやったりする。職場のやり手の上司と部下の関係は皆これである。さらに恐しい場面は、ヤスが自分より弱い者に対して示す残酷さである。なまじ彼が無類の善人として描かれているだけに迫力がある。日本帝国陸軍の内務班にはこういう下士官が多かったという。してみればこれは日本人の集団の病理ではないか。

重要な点は、作者が擬似的同性愛関係を批判していないということである。むしろ、登場人物を作者が自己の分身と見て、深い愛情をもって描いている。この点が、この作品の成功の鍵であろう。

ヤスの心は病んでいるが、ヤスはそれに気がついていない。ヤスは自分の弱さと醜さを直視する勇気がない。自分は駄目な人間であるが、それでも人間としての誇りがある、と思い得ない。したがってヤスの人格は独立していない。銀ちゃんのために死ぬことによってヤスは初めて生き甲斐を得る。私は断言する。これが日本民族の悲劇である。

国民の人格の独立と自由なくして、民族の独立と繁栄はない、と私は米国で痛感した。「自由か、然らずんば死か」と叫んだパトリック・ヘンリーは、米国建国の英雄の一人である。米国には、いまも二億人のパトリック・ヘンリーがいる。最低の娼婦や浮浪者も内には烈々たる魂を秘めている。一国の力は、人民の覇気によるのである。

私は、ある短歌結社の主宰者とその忠実な弟子のためにこれを書いた。

四　板宮清治の冒険(4)

初めて板宮清治の歌集を読んだ時の驚きを私は忘れることができない。一九七三年（昭和四十八年）十一月十六日、第一次石油危機に世界経済が揺れ動いている最中、寒い雨の降る武蔵野台地の夜であった。

特に、彼の第一歌集『麦の花』（一九六四年・昭和三十九年）は、自尊心の強い青年であった私の誇りを叩き潰し、私は定型詩の恐しさを初めて知ったのである。

わが前に涙ぐむ妻白々と塩の満ちたる塩箱をもつ

前方の闇ふくれつつ迫りくる吹雪は木々のとどろきの音

晩夏光さす葱畑に麦わらの帽子明るき幼子は立つ

これらの作品の原型が中原中也、立原道造らの抒情詩にあることは明らかである。しかし、板宮は、健康な肉体と美しい妻を持つ独立自営農民であった。彼の思想も語感もまぶしいほどの健康さを備えて「四季派」の肺病病みの詩を睥睨している、と私は思った。したがって、あの夜に私が併読した彼の第二歌集『風塵』（一九七三年・昭和四十八年）において、板宮は三十八歳の若さにもかかわらず、堂々たる大歌人として私の前に現れたのである。

苗代の泥ひとときにはなやぎて夕日の中に種籾を播く

だが、私は、いま、昨年公刊された彼の第三歌集である『待春』（一九八二年・昭和五十七年）を前にして奇妙な困惑にとらわれている。板宮清治は明らかに作風の転換を図りつつある。特に、昭和五十年以後奇怪な表現が目立ち始めるのである。読者は、私が傍線を引いた部分に注意していただきたい。

朴の枝寒くひかりてをとめごの髪にやどらん冬空の香は

ひとときの雨過ぎしのちありありと星吹き落つる夜のこがらし

朝より稲田照りつつわたくしの心濃くなる炎暑のひと日

わが眠りただよふままに雪原の闇削ぎてゆく夜の吹雪は

私は、第一首目と第四首目の表現は成功していると思う。冬空に匂いのある筈もなく、ましてや、少女の髪に空の匂いがこもる筈もない。また、吹雪が夜の闇を削ぐわけもない。

しかし、ここには詩の表現としての誇張があり、それを支える詩人の強い感傷がある。「やどらん」という推定と期待の言辞が、きわどいところで違和感を中和し、「削ぐ」という動詞が風の強さを納得させている。

一方、第二首目と第三首目の表現は不鮮明であり、これらは失敗作と私は思う。第二首目は妙に漢詩くさく、第三首目は「公」と、「私」の区別をよく知らぬ前衛歌人の無知を受け継いでいる。

明らかに、板宮清治は、乱調期に入った。しかし、私は、困惑しつつも、これを喜びたいと思う。板宮清治の冒険は、衰退期に入りまさに死滅せんとする写生派短歌の起死回生の賭のひとつではなかろうか。

この天才の冒険を私は注意深く見守りたいのである。

五　戯作と文学(5)

『短歌』(角川書店)一〇月号で小池光氏の文「初心に帰って運動神経を錬成しよう」に目を止めた。広告文案家として著名な糸井重里氏の選による戯文と、十代の男女向の雑誌

『ビックリハウス』を出汁に使って、中世和歌の題詠と本歌取りを見直そうという彼の提言はなかなか洒落ている。だが、糸井重里氏はとても現代の藤原定家とはまいらぬ。せいぜい蜀山人である。蜀山人が掘の芸者小万のために「詩は詩仏書は米庵に狂歌乃公、芸者小万に料理八百善」と彼女の三味線に書いてやって、小万を一躍有名人に仕立てあげたようなことは糸井氏だってやれるだろう。それだけの話だ。銀座のクラブでやるがよい。

僕は小池氏の文から日本を代表する詩人としての自負を感じることが出来なかった。要するに小池氏は有名になって金がもうかればそれでよいのだ。それならばさっさと短歌なんか廃すがいい。文筆で身を立てるならば、軽い随筆か漫画の原作を書いて、巨万の富を蓄積する方が、下らぬ短詩型にしがみつくよりもはるかに気がきいているのである。

小池氏は、『ビックリハウス』に掲載された少年少女の地口やもじりに驚いている。馬鹿は死ななきゃ直らない、と溜息をつかざるを得ない。こんな少年少女など、その大方を国外追放処分にしたところで日本社会のためにこそなれ害にはならぬ。己の知性と刻苦勉励と実務能力に自信を抱かずしてよく一流の詩人面が出来るものだ。

戯作と文学とは決定的に違うのだ。戯作者は物質的に豊かであれば、性欲が満たされれば、あるいは権力を握れば、もう創作の動機は失なわれてしまう。しかし、文学者はこのような条件が全て満たされたとしても、依然として創作欲という奇怪な欲望に苦しむのである。森鷗外然り。夏目漱石然り。

現代日本に流布しているのは、金を儲けて有名になり、平和に暮らすことが最高だという思想だ。どんな宗教もこれに抗し得ない。松平盟子氏が高校教師時代、売春希望の少女を補導しようとして「気持の良いことをして、それでお金をもらって何が悪いの」と反論されて答えられなかった、という嘆きを聞いたことがある。小池氏だって教師としてこれに答えられまい。

だが、文学はこの少女に答えなければならないのだ。定家のような芸術至上主義者でも彼なりに答えようとしているのだ。定家にあっては美はきわめて精神性の高いものであった。一方、島木赤彦のような求道者型の歌人は、トルストイやドストエフスキーの文学を己の短歌の理想としていたのであろう。人間いかに生くべきかの問いが含まれていない短歌は、赤彦にとって文学ではあり得なかった。

十数年前に優れた抒情詩人として出発した小池氏が、戯作者への道を歩み始めるのを私は痛ましい思いで見ている。

小池氏の反逆精神の標的は既成権力である。だが、日本の権力者よりも、糸井重里氏のような文案家や山岸涼子氏のような漫画家がはるかにましな思想を抱いているとは、私には思えない。小池氏は一見権威に反抗しているように見えながら、実は、頽廃にあえぐ現代日本の泥流のなかに蠢く蛆虫に過ぎない。

六　勝部祐子の歌(6)

勝部祐子氏から、『文芸空間』という九〇頁あまりの同人誌をもらった。ぱらぱらとめくってゆくと、彼女の短歌が二十五首ならんでいる頁に突き当った。

追ひつめて追ひつめられてゆく場所か東京陽だまりに群れなす不幸

東京のどこかで冬の昼休み時間に事務職員の老若男女が日向ぼっこをしている情景であろう。おそらく、丸ノ内や霞ケ関といった大企業や中央官庁が犇めく一画ではあるまい。新宿、池袋、新橋、上野あたりであろう。

この一首の「東京」で少し切れて、「陽だまりに群れなす不幸」、と思い切って言う呼吸があざやかで感心した。声調に哀感があるのは、作者が、自分もまたそれらの群衆の一人であると思っているからである。やや舌足らずの日本語が新しい歌謡曲のようで悪くない。上句の疑問がいかにも幼いが、一首の評価は差引勘定であるから、これはこれで良いと思った。

かつて、私はこの作者に対して好意的ではなかった。否、彼女も含めて、栗木京子、松平盟子、阿木津英、井辻朱美などの若く才能ある女流詩人たちの作品全てに対して好意的ではなかった、と言った方が良い。

野心にあふれ、才能に恵まれた若い女性は、自分が不幸な理由は自分が女だからであると考えた。だが真実は違う。栗木氏の自閉も、松平氏の焦燥も、阿木津氏の冷眼も、井辻氏の韜晦も己に野心と才能があったから起ったのである。男女を問わず野心家が通らねばならぬ道を、彼女らは通ったに過ぎない。

自分が女性であるか、男性であるかということは自分にはどうにもならぬことだ。たとえ、医学の進歩によって外見的な性器を変更することができたとしても、染色体まで変えることはできない。自分にはどうにもならぬことにこだわった時、人間の可能性は終るのだ。

英国首相マーガレット・サッチャーや米国国連大使ジーン・カークパトリックが演説する時、人は彼女らが女性であることを意識するであろうか。われわれは、ただそこに一人の優れた政治家を見るだけである。
　政治と文学は違うと思ってはならない。政治もまた偉大な芸術である。天智天皇、北条泰時、織田信長、大久保利通といった人々のすさまじい破壊と創造の過程は、ホメロスの全詩業にも匹敵する、と私は思う。
　勝部氏の詩に私が注目したのは彼女がもはや自分が女であることにこだわっていなかったからである。子宮とか乳房とか、女性特有の器官にこだわりつづけてきたこの異端の詩人が、人間が人間であることから来る喜びや哀しみを歌うことは、非常な進歩と言わねばならない。

　　官能に総身をつつむくちづけののち湖のやうなる孤独にただよふ
　　　　　　　　　　　（勝部祐子・第一歌集『解体』、一九八一年・昭和五六年）

　孤独なのは作者勝部氏だけではない。相手の男性もまた孤独なのである。

七　阿木津英と松平盟子[7]

阿木津英氏から第二歌集『天の鴉片』(不識書院、昭和五十八年十二月)、松平盟子氏から同じく第二歌集『青夜』(砂子屋書房、昭和五十八年九月)が送られて来た。

三十四歳と二十九歳という女性として円熟した年齢にさしかかったこの二人の詩人については既に様々の批評がなされている。しかし、私はそれらの批評に満足することができなかった。

『天の鴉片』

樹下には浅き緑の炎立ち死ぬるまでわれ男愛さむ

憂愁の乳の流れているごとき空の奥処はいかにかあらむ

岸近き水のよどみにしろじろと太陽の髭ゆれつつうつる

大根がながれて赤き護謨鞠がながれコンドーム浮きつつながる

『青夜』
張りわたる枝ゆらぐときぎしぎしと老樹をつつむ宙が鳴りをり
素枯れたる冬のあぢさゐ湧きおこる冷気に黒く炎だつなり
うばひたきをとこあり重き昼の霧きしみつつわれのめぐりにこめぬ
湯の中に四肢ふかく抱きこの五臓六腑もかつてひとつ光る卵

世人は、阿久津氏の「死ぬるまでわれ男愛さむ」とか松平氏の「うばひたきをとこあり」といった、女性の独占的で意志的な愛の表白に驚く。しかし、私は思う。真に恐るべきものは、彼女等の言語感覚にひそむ粘液質と重量感なのではないか、と。これらの作品に比べれば、中堅歌人きっての短歌巧者高野公彦氏の作品すらもいささか軽いのである。

たしかに阿木津氏には女性解放思想への淡い憧れがある。しかし、彼女がこの思想にこだわる時、その作品は奇妙に萎縮し、詩としての輝きを失う。何故ならば、彼女の女性解放思想がどれほどつきつめて考え抜かれたものなのか、読者には一向に分り得ぬ形でしか提示されていないからである。

したがって、私にとって彼女の作品の魅力とは、「憂愁の乳」、「太陽の髭」という暗喩の奇抜さや、「コンドーム浮きつつながる」というという突き放した言い方を含む彼女の文体の重さに他ならぬのである。

これに反して、松平氏の作品には正統的な写実の技法に依りながら、事物にねばりつくような認識の眼が光っている。この人の個性は相聞歌にあるのではなく、むしろ叙景歌にあるというのが、第一歌集『帆を張る父のやうに』（一九七九年・昭和五四年・書肆季節社）以来の私の直観である。

現歌壇に才能ある若い女流歌人はひしめいているのであるが、この二人のごとく異様な文体を持って登場して来た新人は少なかったのではなかろうか。

もちろん、私のように、初心の時代に厳しい添削によって一語一語の連関の厳格な吟味を叩きこまれたものから見れば、彼女らの作品は多くの欠点を持っている。しかし、その荒っぽさがひとつの魅力ともなっているのである。

（1）初出。『運河』、通巻第一号、一九八三年（昭和五八年）、八月号、六八頁。
（2）初出。『運河』、通巻第二号、一九八三年（昭和五八年）、九月号、六八頁。

(3) 初出。『運河』、通巻第三号、一九八三年(昭和五八年)、一〇月号、六八頁。
(4) 初出。『運河』、通巻第四号、一九八三年(昭和五八年)、一一月号、七二頁。
(5) 初出。『運河』、通巻第五号、一九八三年(昭和五八年)、一二月号、七二頁。
(6) 初出。『運河』、通巻第七号、一九八四年(昭和五九年)、二月号、八〇頁。
(7) 初出。『運河』、通巻第九号、一九八四年(昭和五九年)、四月号、八四頁。

鵜飼康東　履歴と文業

（平成二九年一〇月三一日現在）

生年月日　昭和二二年六月二〇日

出 生 地　現中華人民共和国遼寧省遼陽市（本籍地・滋賀県甲賀市）

学　歴

昭和三四年　三月二五日　京都市立修学院小学校卒業

昭和三七年　三月三一日　ヴィアトール学園洛星中学校卒業

昭和四〇年　三月三一日　ヴィアトール学園洛星高等学校卒業

昭和四五年　三月一五日　早稲田大学第一政治経済学部経済学科卒業

昭和四七年　三月一八日　一橋大学大学院経済学研究科理論経済学及統計学専攻修士課程修了

昭和五〇年　三月三一日　一橋大学大学院経済学研究科博士課程後期理論経済学及統計学専攻単位修得後退学

職歴

昭和五〇年　四月　一日　関西大学経済学部専任講師採用

昭和五五年　四月　一日　関西大学経済学部助教授昇任

昭和五六年　九月　二日　ハーバード大学大学院経済学研究科・フルブライト・フェロー就任（昭和五八年三月三一日まで）

昭和六〇年　七月一四日　豪日交流基金調査研究員としてオーストラリア滞在（昭和六〇年九月六日まで）

平成　一年　九月一八日　オックスフォード大学聖アントニーズ・カレッジ・シニア・アソシエート就任（平成二年八月三一日まで）

平成　六年　四月　一日　関西大学総合情報学部教授昇任

平成一四年　六月　八日　日本公共政策学会理事に選任さる（平成二〇年六月一三日まで）

平成一四年一〇月　一日　季刊政策分析（政策分析ネットワーク）編集長に就任（平成二四年七月二一日まで）

平成一九年　三月二九日　ザ・レヴュー・オブ・ソシオネットワーク・ストラテジーズ（シュプリンガー社）編集長に就任（平成二七年八月五日まで）

平成一九年　四月　一日　政策分析ネットワーク共同代表に選任さる（平成二三年三月三一日まで）他の共同代表は伊藤元重（当時東京大学教授）

平成二〇年　七月二七日　関西大学ソシオネットワーク戦略研究機構機構長兼任（平成二五年三月三一日まで）
平成二一年一〇月二八日　慶北国立大学（韓国）経営管理大学院滞在（平成年一二月二六日まで）
平成二一年一二月二八日　復旦大学中国社会主義市場経済研究中心訪問学者兼任（平成二二年三月一二日まで）
平成二五年　四月　一日　関西大学ソシオネットワーク戦略研究機構副機構長兼任（平成二六年三月三一日まで）
平成二六年　三月三一日　関西大学総合情報学部教授定年退職
平成二六年　四月　　日　関西大学名誉教授称号授与
平成二六年　四月　　日　関西大学政策創造学部特別任用教授採用（平成二七年三月三一日まで）
平成二七年　四月　一日　関西大学政策創造学部非常勤講師委嘱（平成二九年三月三一日まで）
平成二七年　四月　一日　追手門学院大学経済学部非常勤講師委嘱（平成二九年三月三　日まで）
平成二七年　六月　一日　大阪府商工労働部大阪産業経済リサーチセンター客員研究員委嘱
平成二九年　四月　一日　大和大学政治経済学部政治行政学科非常勤講師委嘱

歌歴

昭和四六年　二月二一日　歩道短歌会入会・佐藤佐太郎に師事
昭和四九年　六月二五日　第二〇回角川短歌賞受賞
昭和五一年一二月一一日　現代歌人集会理事に選任さる（昭和五五年一二月一日まで）
昭和五六年　六月三〇日　現代歌人協会会員に推薦さる
昭和五八年　四月　一日　歩道短歌会退会・運河の会結成
平成二〇年　四月一四日　公益社団法人日本文藝家協会会員に推薦さる
平成二六年　四月　一日　運河の会退会
平成二八年　七月　三日　毎日文化センター大阪にて文芸講座開始
平成二九年　四月一一日　よみうり堺文化センターにて文芸講座開始

著書（経済学及情報科学を除く）

一　歌集『断片』、角川書店、昭和五五年一一月二〇日刊（全一九八頁）
二　歌集『ソシオネットワーク』、角川書店、平成一七年四月一日刊（全一五六頁）
三　第一歌集文庫・『断片』、現代短歌社、平成二六年二月二二日刊（全一二二頁）
四　歌集『美と真実』、KADOKAWA　平成二七年四月二五日刊（全一二六頁）

主要論文（経済学及情報科学を除く）

一　「新写実主義の基本戦略―篠弘氏提言についての覚書―」、『短歌』（角川書店）、第二五巻第六号、昭和五三年六月号、二四六―二五二頁

二　「象徴主義短歌の敗北―篠弘氏に―」、『短歌』（角川書店）、第二五巻第一一号、昭和五三年一〇月号、八二―九三頁

三　「土俗短歌の展望」、『短歌現代』（短歌新聞社）、第八巻第六号、昭和五九年六月号、六四―六九頁

四　「情報社会でうたはどんな生命論を発信するか」、『短歌朝日』（朝日新聞社）、第　三号、平成一一年七・八月号、五四―五五頁

五　「振向くな前を見よ：女性歌人」、『現代短歌』（現代短歌社）、第三巻第一号、平成二七年一月号、二〇―二三頁

主要評論（経済評論及政治評論を除く）

一　「詩と思想―第一の関門―」、『歩道』、昭和四九年四月号、八六―八八頁

二　「英訳佐太郎短歌について」、『歩道』、昭和五〇年一〇月号、五五―五七頁

三　「塚本邦雄の近業」、『短歌研究』、第三五巻第八号、昭和五三年八月号、一四二―一四三頁

四　「土屋文明の孤独」、『短歌研究』、第三五巻第九号、昭和五三年九月号、一四四―一四五頁

五　「詩人の人生」、『短歌』（角川書店）、第三〇巻第一〇号、昭和五八年一〇月号、六〇―六一頁

六　「佐藤佐太郎先生と私―性の表現をめぐって―」、『短歌』（角川書店）、第三一巻第四号、昭和五九年四月号、八六―八七頁

七　「性差で短歌をつくるな」、河野裕子、道浦母都子、阿木津英、永井陽子編、『歌うならば今』（而立書房）昭和六〇年六月、一三六―一三七頁

八　「長澤一作のうた」、『短歌』（NHK学園）、第二一号、昭和六一年九月、七―八頁

九　「高野公彦の技術：言葉すずやかに意味ふかし」、『短歌』（角川学芸出版）、第六〇巻第三号、平成二五年二月号、五〇―五一頁

一〇　「君は人工知能に勝てるのか」、『短歌』（角川文化振興財団）、第六四巻第五号、平成二九年五月号、八二―八三頁

一一　「佐太郎の技術：独創的暗喩」、『短歌』（角川文化振興財団）、第六四巻第八号、平成二九年八月号、九〇―九一頁

座談会記録

一　「インターネットは短歌を変えるか」、『短歌』（角川書店）、第四九巻第三号、平成一四年二月号、一二二―一四八頁（坂井修一・穂村弘・鵜飼康東）

主要被掲載詞華集

一　嶋岡晨『秀歌新選』、昭和五八年一〇月二五日、飯塚書店、一〇一―一〇二頁
二　宮柊二監修『ポケット続短歌その日その日』、昭和六〇年六月一〇日、平凡社、一〇、一四二、一五七、一六八、二七八頁
三　大滝貞一『恋の歌　愛の歌―初心者のための短歌鑑賞―』、昭和六〇年五月一五日、牧羊社、一八―一九頁
四　山田宗睦、原田勝正編『写真図説　昭和万葉集』、第六巻、昭和六〇年、講談社、五七、九二、一三六頁
五　三枝昂之、田島邦彦編『処女歌集の風景―戦後派歌人の総展望―』、昭和六二年二月一〇日、ながらみ書房、九三―九六頁
六　塚本邦雄『現代百歌園―明日にひらく詞華―』、平成二年七月二〇日、花曜社、一八六―一八七頁
七　道浦母都子、坪内稔典『女うた・男うたⅡ』、平成五年一月二五日、リブロポート、一二四頁
八　明治書院企画部編『おじさんは文学通2―短歌編―』、平成九年七月二五日、明治書院、一七八―一七九頁
九　長谷川櫂『四季のうた・第三集』、平成一九年六月二五日、中公新書、九二頁

主要被引用文献

一　岡井隆「負の時代の痛み―全共闘世代の三人に見出す接点―」、『読売新聞』、夕刊、昭和五六年一月二八日（水）、七頁
二　来嶋靖生「新写実のＷＥＲＴ―書評鵜飼康東歌集『断片』―」、『短歌』（角川書店）第二八巻第四号、昭和五六年四月号、二七四―二七五頁
三　水野昌雄「現代の知的典型―書評鵜飼康東歌集『断片』―」、『短歌現代』（短歌新聞社）、昭和五六年四月号、一四二頁
四　玉城徹「伝習との戯れ―批評以前2―」、『短歌現代』（短歌新聞社）、昭和五六年五月号、一二八―一二九頁
五　馬場あき子「万葉集の現在的意味」、『国文学：解釈と鑑賞』、至文堂、第四六巻第九号、昭和五六年九月号、六―一二頁
六　宮岡昇「『断片』の魅力（自治領）」、『未来』、通巻三五八号、昭和五六年一一月号、七〇―七三頁
七　岡野弘彦「私が選らんだ今年の秀歌」、『毎日新聞』、朝刊、昭和五六年一二月一九日
八　松坂弘「最近の新人たち―阿木津英、鵜飼康東、時田則雄―」、『人』、昭和五六年一二月号、二六―二七頁
九　小口信治「焦慮と自己顕示と―鵜飼康東歌集『断片』―」、『まひる野』、昭和五七年二月号、

八〇頁
一〇　永井陽子「鵜飼康東著『断片』」、『短歌人』、昭和五七年三月号、一四頁
一一　板宮清治「断片のこと二、三」、『歩道』、昭和五八年一月、一三七頁
一二　上田三四二、岡井隆、岡野弘彦、篠弘、島田修二「座談会・現代短歌の方位・七・短歌と思想」、『短歌』、角川書店、第三一巻第三号、昭和五九年三月号、一八二—一八三頁
一三　前田芳彦『戦後の歌論』、平成三年七月六日、短歌新聞社、一五六—一五八頁
一四　栗木京子「短歌」、『読売新聞』、夕刊、平成一七年五月二五日（水）、六頁
一五　三井修、「鵜飼康東歌集『ソシオネットワーク』」、『短歌』（角川学芸出版）、平成一七年六月号、二二九頁
一六　田中子之吉、「鵜飼康東歌集『ソシオネットワーク』」、『短歌現代』（短歌新聞社）、平成一七年七月号、一四五頁
一七　長谷川櫂、「四季」、『読売新聞』、朝刊、平成一八年九月一八日（月）、二頁
一八　長谷川櫂「四季」、『読売新聞』、朝刊、平成二六年六月二六日（木）、二頁
一九　島田修三、第一歌集文庫・鵜飼康東歌集『断片』、『現代短歌新聞』、平成二八年六月号、一一頁
二〇　安田純生、第一歌集文庫・鵜飼康東歌集『断片』、『現代短歌』、平成二六年九月号、五一頁

二一　長谷川櫂「四季」、『読売新聞』、朝刊、平成二七年七月一六日（木）、二頁
二二　三井修、「書評・鵜飼康東歌集『美と真実』」、『短歌往来』（ながらみ書房）、平成二七年一〇月号、一二七頁
二三　阪森郁代、「書評・鵜飼康東歌集『美と真実』」、『現代短歌新聞』、平成二七年一〇月号、一〇頁
二四　真中朋久、「詩歌の本棚。新刊評」、『京都新聞』、平成二七年一一月二日、朝刊、一四頁
二五　藤島秀憲、書評・鵜飼康東歌集『美と真実』、『短歌』（角川文化振興財団）、第六三巻第六号、平成二八年五月号、一六八頁
二六　大辻隆弘、「佐太郎を継ぐもの・磁場と呪縛」、『短歌』（角川文化振興財団）、第六四巻第八号、平成二九年八月号、一〇二―一〇三頁

追記　経済学及情報科学の業績は左記文献の業績目録を参照せよ

一　村田忠彦・渡邊真治編『ソシオネットワーク戦略とは何か』、多賀出版（鵜飼康東教授還暦記念論文集）、平成一九年三月三〇日刊（全二五二頁）
二　『関西大学総合情報学部紀要』、第四二号（鵜飼康東教授定年退職記念）、関西大学、平成二七年二月二八日刊（全七九頁）

人名索引 (1)（あいうえお順）

あ行

阿木津英　261, 263, 272, 274
秋葉四郎　58, 95, 96, 184, 230
安部公房　15
有馬朗人　238
有馬頼義　166

い行

ナオミ・イイズカ　35
石川啄木　201, 217, 247
板宮清治　83, 230, 254, 256, 257, 275
井辻朱美　261
糸井重里　257, 258, 259
伊藤一彦　99, 101
伊藤左千夫　176
稲垣良典　98
井上洋治　30
今西幹一　vii, 58, 240
岩田正　109

う行

上田敏　21
上田三四二　50, 122, 138, 240, 275
鵜飼康東　vi, xi, 8, 9, 25, 56, 96, 170, 178, 180, 267, 272, 274, 275, 276

え行

江戸川乱歩　71
江戸雪　32

お行

大江健三郎　15, 140, 166
大河原惇行　96, 97, 101, 175, 177
太田南畝（蜀山人・四方赤良）　16, 258
大谷雅彦　96, 97, 139
大塚金之助　237
大辻隆弘　63, 184, 276
大山敏男　175
大和瀬達二　166
岡井隆　38, 82, 84, 91, 100, 111, 112, 117, 122, 125, 126, 160, 184, 209, 250, 274, 275
岡野弘彦　100, 184, 274, 275
尾崎左永子　34, 41, 96, 184, 230
尾崎（徳山）美砂　183
落合京太郎　132
小名木綱夫　137

か行

風巻景次郎　144, 145
柏崎驍二　184, 242
片山貞美　212
勝部祐子　260, 262
河合栄治郎　237
河合克敏　31
川島喜代詩　83, 102, 106, 121, 184, 230
河野裕子　106, 107, 119, 272

き行

岸上大作　137

北原白秋　66, 108, 112, 134, 176, 217, 218, 232, 234, 242, 244
北村美紗子　36
木下杢太郎　238
紀貫之　235
木俣修　134, 241

く行

窪田空穂　131, 176, 177
久保田正文　209
熊谷尚夫　237
栗木京子　96, 97, 126, 184, 261, 275

こ行

小池光　257, 258, 259, 260
小暮政次　132
小林昇　236, 237, 238
五味保義　130, 132, 153, 210
近藤芳美　14, 37, 89, 91, 100, 104, 111, 112, 119, 135, 138, 139, 153, 155, 158, 160, 209, 225, 228, 241

さ行

齋藤襄治　42, 186, 187, 188, 189, 190, 191, 192, 193, 194, 195
齋藤茂吉　9, 28, 36, 49, 60, 63, 64, 66, 77, 97, 104, 110, 134, 136, 150, 158, 163, 176, 204, 222, 224, 228, 234, 248
齋藤瀏　137
三枝昂之　99, 106, 119, 125, 136, 140 142, 249, 250, 273
三枝浩樹　184
坂井修一　vi, 184, 272
笹公人　14
佐佐木幸綱　100, 114, 126, 136
佐藤佐太郎　vii, 14, 23, 42, 46, 48, 49, 50, 51, 52, 53, 56, 58, 59, 62, 64, 66, 68, 79, 80, 83, 88, 89, 96, 101, 111, 112, 119, 120, 126, 132, 134, 136, 158, 159, 171, 176, 177, 178, 180, 184, 186, 195, 196, 198, 201, 202, 204, 205, 209, 224, 225, 226, 227, 229, 233, 236, 238, 240, 250, 270, 272

し行

志賀直哉　149
篠弘　95, 98, 100, 102, 104, 107, 109, 111, 114, 127, 130, 141, 271, 275
柴生田稔　96, 111, 132, 134, 150. 153, 209, 259
島木赤彦　96, 134, 150, 153, 259
島崎藤村　21
清水幾太郎　104
清水房雄　102, 121, 175, 178, 208, 209, 210, 211, 212, 214, 215
釈迢空　244
晋樹隆彦　249

す行

菅原峻　51, 55, 223, 230
杉浦民平　159

せ行

関口登記（内藤登紀子・佐倉登紀）　224, 228, 230

た行

高田保馬　237

高野公彦　100, 124, 125, 184, 232, 234, 235, 264, 272
高濱虚子　22
高安国世　209
竹山広　15
立原道造　247, 255
立松和平　165, 166, 167
田中子之吉　230, 275
谷川俊太郎　78
谷山茂　145
玉城徹　123, 127, 138, 212, 274
俵万智　13, 14, 20, 21, 22, 23, 30, 31, 206

つ行

つかこうへい　23, 252
塚本邦雄　14, 38, 85, 89, 100, 107, 112, 114, 115, 117, 126, 128, 132, 133, 135, 138, 142, 158, 160, 162, 163, 184, 248, 250, 251, 271, 273
土屋文明　59, 60, 65, 97, 110, 112, 115, 118, 119, 120, 122, 130, 132, 134, 136, 149, 151, 153, 154, 155, 159, 175, 176, 177, 178, 203, 204, 209, 210, 214, 243, 248, 271
坪野哲久　132, 142

て行

寺田寅彦　238
寺山修司　246, 247, 248

と行

土岐善麿（哀果）137, 217
徳田球一　228

な行

永井ふさ子　248
中川種子　36
中川李枝子　32
長澤一作　51, 56, 57, 65, 83, 92, 93, 102, 121, 123, 174, 175, 184, 200, 201, 203, 205, 206, 207, 212, 224, 226, 229, 241, 251, 272
永田和宏　100, 106, 136, 142
中原中也　22, 247, 255
夏目漱石　119, 259
成瀬有　96, 97, 100
南原繁　237

に行

西川敏　174
西脇順三郎　80

は行

萩原朔太郎　66, 77, 78
萩原千也　99, 130, 155
埴谷雄高　155
馬場あき子　184, 274
林真理子　21

ひ行

菱川善夫　100, 127, 131
平賀源内　16

ふ行

福本和夫　61
藤野正三郎　172
藤原定家　87, 134, 258

ほ行

穂村弘　vi, 13, 30, 272

ま行

前川佐美雄　132, 237
正岡子規　14, 20, 38, 108, 136, 149
松平盟子　33, 61, 108, 123, 126, 184, 259, 261, 263, 265

み行

三島由紀夫　15
光橋正起　65, 224, 226, 229
みつはしちかこ　21
御供平佶　174, 175, 176
源実朝　136
三宅一郎　238
宮柊二　14, 96, 101, 119, 121, 126, 131, 134, 135, 158, 160, 222, 234, 237, 241, 242, 244, 273

む行

武川忠一　100
村田源次　98
村永大和　129
室積純夫　10, 95, 96

も行

森鷗外　21, 119, 259

や行

山内照夫　230
山岸涼子　260
山口英　27
山田航　30
山本成雄　230
山脇百合子　32

ゆ行

結城文　36
由谷一郎　51, 53, 100

よ行

與謝野晶子　136, 158, 176
與謝野鉄幹　14, 20, 177, 233
吉田正俊　132
吉本隆明　78, 79, 82, 166

わ行

渡邊朗子　26, 28
渡邊直己　225, 237

人名索引（2）（ABC順）
（ロシア語アラビア語はラテン文字で表記）

A

Amons, Archie Randolph（アモンズ、アーチイ　ランドルフ）43

Ashbery, John（アシュベリー、ジョン）43

B

Baudelaire, Charles-Pierre（ボードレール、シャルル＝ピエール）198

Berryman, John（ベリマン、ジョン）43

bin Abdulaziz Al Saud, Faisal（ビン　アブドルアズイーズ　アル　サウド、ファイサル）45

Borgia, Cesare（ボルジア、チェーザレ）162

Breton, André（ブルトン、アンドレ）16, 61, 133

Byron, George Gordon（バイロン、ジョージ　ゴードン）233

C

Coleridge, Samuel Taylar（コールリッジ、サミュエル　テイラー）198

D

D'Annunzio, Gabriele（ダヌンツィオ、ガブリエーレ）109

de Gaulle, Charles André Joseph Pierre-Mrie（ド　ゴール、シャルル　アンドレ　ジョセフ　ピエール＝マリ）228

Dilthey, Wilhelm Christian Ludwig（ディルタイ、ヴィルヘルム　クリスチャン　ルードウヴィッヒ）61

Dostoyevsky, Fyodor Mikhailovich（ドストエフスキー、フョードル　ミハイロヴィチ）259

Drieu La Rochelle, Pierre Eugène（ドリュ　ラ　ロシェル、ピエール　ウジェーヌ）228

Dumas, Alexandre（デュマ、アレクサンドル）86

E

Eliot, Thomas Stearns（エリオット、トマス　スターンズ）43, 58

F

Flaubert, Gustave（フローベール、ギュスターヴ）61

Freud, Sigmund（フロイト、ジークムント）61, 103

Frost, Robert Lee（フロスト、ロバート　リー）41, 43

G

Ginsberg, Irwin Allen（ギンスバーグ、アーウィン　アレン）44

Guyau, Jean-Marie（ギュイヨー、ジャン　マリー）61

H

Harlow, Jean（ハーロウ、ジーン） 248
Heine, Christian Johann Heinrich（ハイネ、クリスティアン　ヨハン　ハインリッヒ） 233
Henry, Patrick（ヘンリー、パトリック） 254

J

Jorgenson, Dale Weldeau（ジョルゲンソン、デール　ウェルダウ） 41, 181

K

Keynes, John　Maynard（ケインズ、ジョン　メイナード） 102
Khrushchev, Nikita Sergeye（フルシチョフ、ニキータ　セルゲイビッチ） 128
Kirkpatrick, Jean Jordan（カークパトリック、ジーン　ジョルダン） 261
Kurzeil, Raymond（カーツワイル、レイモンド） 18

L

Lenin, Vladimir Ilyich（レーニン、ウラジミール　イリイチ） 124

M

Makin, Peter Julian（メイキン、ピーター　ジュリアン） 41
Marx, Karl（マルクス、カール） 58, 102
Mies van der Rohe, Ludwig（ミース　ファン　デル　ロ　エ、ルートヴィヒ） 28
Monroe, Marilyn（モンロー、マリリン） 248

N

Neruda, Pablo（ネルーダ、パブロ） 109
Nietzsche, Friedrich（ニーチェ、フリードリッヒ） 67

O

Orwell, Georg（オーウェル、ジョージ） 5

P

Pollatschek, Stefan（ポラチェック、ステファン） 242
Pound, Ezra Weston Loomis（パウンド、エズラ　ウェストン　ルーミス） 41, 43, 44

R

Rodin, François-Auguste-René（ロダン、フランソア＝オーギュスト＝ルネ） 61
Rolland, Romain（ロラン、ロマン） 61

S

Shostakovich, Dmitri Dmitriyevich（ショスタコーヴィチ、ドミートリイ　ドミートリエヴィチ） 128
Stalin, Joseph Vissarionovich（スターリン、ヨシフ　ヴィサリオノヴィチ） 128

T

Teilhard de Chardin, Pierre（ティヤール　ド　シャルダン、ピエール）116
Thatcher, Margaret Hilda（サッチャー、マーガレット　ヒルダ） 261
Tolstoy, Lev Nikolayevich（トルストイ、レフ　ニコラエヴィチ） 259

V

Valéry, Ambroise Paul Toussaint Jules（ヴァレリー、アンブロワズ　ポール　トウサン　ジュール） 61
Vendler, Helen（ヴェンドラー、ヘレン）43, 44
von Goethe, Johan Wolfgang（フォン　ゲーテ、ヨハン　ヴォルフガング）61
Hofman von Hofmansthal, Hugo Laurenz August（ホーフマン　フォン　ホーフマンスタール、フーゴ　ラウレンツ　アウグスト） 61
von Schiller, Johan Christoph Friedrich（フォン　シラー、ヨハン　クリストフ　フリードリッヒ） 61

W

Whitman, Walter(Walt)（ホイットマン、ウオルター（ウオルト）） 44
Williams, William Calros（ウィリアムズ、ウィリアム　カーロス） 43

情報社会の伝統詩

2018年２月26日　発行

著　者　鵜（う）飼（かい）康（やす）東（はる）

発行所　関　西　大　学　出　版　部
〒564-8680 大阪府吹田市山手町３－３－35
TEL 06-6368-1121／FAX 06-6389-5162

印刷所　石川特殊特急製本株式会社
〒540-0014　大阪府大阪市中央区龍造寺町７－38

ISBN 978-4-87354-669-8　C3091